白鳥と鏡
―― イェイツと浮世絵、能楽、俳句 ――

伊東裕起 著

開文社出版

まえがき

　W.B.イェイツ（William Bulter Yeats）はアイルランドの独立運動期に活動した詩人・劇作家である。彼はアイルランド文芸復興運動の主要人物として知られている。彼を中心とした運動や彼の作品は、アイルランド人たちのナショナル・アイデンティティの形成に重要な役割を果たした。アンソニー・スミスは、そのナショナリズム研究の代表作『ナショナル・アイデンティティ』において、ネイション・ビルディングの過程で文学者が果たす役割が大きいことを指摘し、その好例としてイェイツを論じた。また、エドワード・サイードは『文化と帝国主義』においてイェイツを脱植民地化の作家と位置づけている。

　イェイツの願いとは異なり、文化運動としてのアイルランド文芸復興運動は変質し、武力闘争としての運動の時代へと突入していく。第一次大戦中、1916年の復活祭の週にダブリンを中心に復活祭蜂起が起きた。この蜂起は一週間程度で鎮圧されたが、その首謀者の処刑はアイルランド人の中のナショナリズムを刺激することとなった。その処刑された首謀者の多くはイェイツの友人知人であり、彼は蜂起への賛成・反対を超えた個人的な当惑を含む詩「復活祭、1916年」を発表したが、これはこの蜂起をさらに神話化する役割も果たした。

　復活祭蜂起に対する同情を追い風に、1918年の総選挙で共和国派であるシン・フェイン党が勝利した。シン・フェイン党の議員たちは復活祭蜂起で読み上げられた共和国宣言を根拠に自分たちの独立会議を開催、1919年にアイルランド独立戦争が勃発する。ゲリ

ラ戦の流血の末、1922年にアイルランドの南26州はアイルランド自由国として独立したが、プロテスタント系住民の多い北6州は英国に留まることとなる。その結果、新しい政治体制を認めるアイルランド自由国派と、アイルランド分割を認めず完全独立を目指す共和国派との間で内戦が繰り広げられた。そんな中、イェイツは自由国の上院議員となり、政治にも直接関わることとなる。

　そのようにイェイツは、アイルランドの独立と、まさにネイション・ビルディング/国家建設に関わった人物だが、同時に彼は、アイルランドの多数派であるアイリッシュ・カトリックではなく、少数派であるアングロ＝アイリッシュ（英国系プロテスタント、主に聖公会に属する）であった。アングロ＝アイリッシュは英国による植民地体制において支配階級を形成したが、独立運動の進展とともに没落、独立戦争時や内戦時は攻撃対象とされたほどであった。そのような出自を持つイェイツは、それゆえ自らの二重のナショナル・アイデンティティについて苦悩を抱えていた。その苦悩は作品にも色濃く反映されている。

　一方で、イェイツは、能楽や俳句、浮世絵などの日本文化に強い興味を示し、それらを取り入れた作品を作り出した作家でもある。アイルランドが英国とは違う民族/国家として歩み始めたネイション・ビルディング期において、自らのネイションとその文化が問われる時期に、なぜ彼は異国である日本の文化に関心を寄せたのだろうか。

　イェイツと日本の関わりは多岐にわたるため、本書はすべてを網羅的に扱うものではない。本書はアイルランド独立期、特に復活祭蜂起が起きた1916年から、アイルランド自由国が「エーレ」と国号を変えた1937年頃までを中心に扱うものである。また、従来の

研究では、イェイツがエズラ・パウンドと共に翻訳・出版したアーネスト・フェノロサ遺稿の影響に集中している。これも無視すべき要素ではないが、その他の視座からの研究は、イェイツ研究全体をさらに豊かにするだろう。そのため、本研究では、従来見過ごされてきた野口米次郎ことヨネ・ノグチの影響を重視する。

　本書でもう一つ重視するものは、イェイツの神秘主義的哲学書『ヴィジョン』である。アイルランド独立期にイェイツが強い関心を抱いていたものに、妻の「自動筆記」（後に睡眠中の会話となる）とそれを基にした『ヴィジョン』の執筆がある。イェイツはなぜ『ヴィジョン』を書こうとしたのか。なぜ、書かずにはいられなかったのか。妻の「自動筆記」というのはとても奇妙なものだが、そのこと目を奪われるあまり、なぜイェイツが『ヴィジョン』を書こうと思ったのか、その動機が見落とされているように感じられる。妻の「自動筆記」がどれだけ衝撃的だったとしても、『ヴィジョン』を書くことの必然性には直接的にはつながらないからだ。

　イェイツを『ヴィジョン』の執筆に駆り立てたもの、それは彼の「存在の統一」の探求だったとよく言われる。しかし、『ヴィジョン』のテクスト、特に最も早い段階で完成した部分である「大車輪」で表されているのは「存在の統一」そのものであるよりむしろ、矛盾した存在である人間の心理学的考察である。『ヴィジョン』における人間論は、「存在の統一」に到れない人間の存在の矛盾を見つめるまなざしでもある。

　イェイツが日本文化と向かい合い、思索を深める過程を追っていくと、逆説的に、彼自身が心の奥深くに培ってきた（独自な要素も含む）キリスト教信仰、ニーチェ哲学、そして神秘主義思想が表に立ち現れてくる。本書は独立期のイェイツの日本文化の受容とネイ

— v —

ション意識に迫りながらも、同時に彼を語る上で欠かせないそれらを読み解こうとするものである。

　本書の構成は以下である。まずは、イェイツと浮世絵について扱う。第一章では、ヨネ・ノグチによる浮世絵解説本『広重』と、イェイツがなぜそれに感銘を受けたのかについて論じる。イェイツが追い求めていた"simplicity"とは何なのか、それは一般的な意味におけるオリエンタリズムと重なるものなのだろうか。そしてそもそも、ノグチは広重をどのような芸術家として描いていたのだろうか。ノグチによる独特な広重像を鏡のようにして、イェイツの思想の独自性を浮き彫りにする。

　次に論じるのは、イェイツと能楽についてである。第二章では、能楽を下地にした戯曲『骨の夢』を扱う。この劇では復活祭蜂起に参加しながらも、そこから逃げてきた若者がアイルランドの西部の山中で、愛ゆえにアイルランド植民地化の原因を作り出したと伝えられる恋人たちの幽霊と出会う。この若者はなぜその幽霊と出会うことになったのか、そのトリガーを中心に論じることにより、イェイツがこの劇で何を舞台に乗せようとしていたかを示す。

　第三章では、裏切り者の代名詞たるイスカリオテのユダをイェイツがどのように認識していたか、そしてそれがどのように変わっていったかという、いわば彼のユダ観の変遷を論じる。この章で扱われるテクストは、自動筆記草稿や『ヴィジョン』、『骨の夢』、そして能楽を下地にしつつ、ユダを主要な人物の一人に据えている戯曲『カルヴァリ』である。また鍵となる概念は、"Race"と"Individuality"である。

　最後にイェイツと俳句について論じる。第四章では、イェイツの詩「日本の詩歌を真似て」を扱うが、これはヨネ・ノグチ訳の小林

— vi —

一茶の俳句を、剽窃ともいうべき形で引き写した作品である。しかし、なぜイェイツは、剽窃まがいのことを行うほど、そのノグチ訳一茶に惹かれたのだろうか。そこに込めようとしたものは何なのだろうか。そしてそれは、一茶の俳句の背後にある哲学と、どのような相違があったのだろうか。ここでは、一茶とイェイツ、それぞれが悲劇を受容する際の哲学を主軸に論じる。

　本書の執筆を進めていく過程で見えてきたのは、イェイツのさらなる複雑さであった。イェイツの複雑さ、自らの矛盾に向かい合う姿、そしてそれに臆することなく挑み続ける姿勢こそが彼の魅力だと筆者は考えている。本書が少しでも、そのようなイェイツの複雑さを解き明かす一助になればと願う。

白鳥と鏡
──イェイツと浮世絵、能楽、俳句──

目 次

まえがき ———————————————————————————— iii

◆ 第一部：イェイツと浮世絵 ◆

第1章　雪と炎の "simplicity"
　　　——ヨネ・ノグチ（野口米次郎）の『広重』を
　　　　W. B. イェイツはどう読んだのか——

1. どこに惹かれた？ ……………………………………………… 3
2. ノグチの『広重』 ……………………………………………… 11
3. "simplicity through intensity" ……………………………… 18
4. まとめ ………………………………………………………… 25

◆ 第二部：イェイツと能楽 ◆

第2章　共に罪深き我らのために
　　　——W. B. イェイツの『骨の夢』における
　　　　　幽霊と若者を結ぶもの——

1. 『骨の夢』とは ………………………………………………… 35
2. 『骨の夢』の幽霊はなぜ登場したのか ……………………… 39
3. 第1草稿：疑似親子関係と抵抗歌 …………………………… 40
4. 第2草稿以降：若者の人物造形とペトロの裏切り ………… 46
5. 若者の祈りと煉獄の死者たち ………………………………… 53
6. まとめ ………………………………………………………… 63

第3章　民族主義者か超人か
——W. B. イェイツのイスカリオテのユダ観とその変遷——

1. 文学者を惹きつけるユダとイェイツの『カルヴァリ』………71
2. 民族主義者としてのユダ………72
3. 超人としてのユダ………75
4. ユダと自動筆記………79
5. ユダと『ヴィジョン』の月の諸相………83
6. 重なり合うユダとキリスト………85
7. "War between Race and Individuality"………87
8. まとめ………91

◆ 第三部：イェイツと俳句 ◆

第4章　イェイツの「日本の詩歌を真似て」と小林一茶の哲学

1. 「日本の詩歌を真似て」は何を真似た？………99
2. 小林一茶の「荒凡夫」の哲学………101
3. 悲劇的な笑いと自己戯画化………113
4. いくつもの螺旋とポリフォニー………124
5. まとめ………127

主要参考文献————————133
あとがき————————140
索引————————146

◆第一部：イェイツと浮世絵◆

第1章　雪と炎の "simplicity"

——ヨネ・ノグチ（野口米次郎）の『広重』を
　　　　　　W. B. イェイツはどう読んだのか——

◆ 1．どこに惹かれた？

　ヨネ・ノグチ（野口米次郎）は英語と日本語で創作した「二重国籍」詩人である。ここで言う「二重国籍」とはパスポート上のことではなく、二重のアイデンティティを持つ彼が自分を内省した際の自称である。創作活動だけでなく日本文化についての論考を英語で発表し、慶應義塾大学文学部教授も務めた。彼の息子であるイサム・ノグチが世界的な彫刻家となったため、「イサム・ノグチの父」として紹介されることが多いが、第二次大戦以前においては、彼は世界的な名声を勝ち得た人物であった。しかし、戦争中にいわゆる戦争協力詩を書き、戦後その弁明の機会もないまま亡くなってしまったことから、忘れられた存在となってしまった。

　1903年以降イェイツと交流を持っていた彼は、イェイツに日本文化に関する情報を提供していた。1919年、ノグチが中心となって進めていたイェイツの慶應義塾大学への招聘は失敗に終わったが、その後も二人は交流を続けていた。ノグチは1921年に自身初の英文による浮世絵解説書『広重』（*Hiroshige*）をオリエンタ社から750部出版し、その1冊をイェイツに送った。そのお礼の手紙（1921年6月27日オックスフォード付）でイェイツは次のように書き送った。

　　　親愛なる野口。長々と書いてしまいましたが、あなたの『広

重』は、私に最大の喜びを与えてくれました。私は東洋美術か
らますます多くの喜びを感じ、それが自分の仕事で目指してい
るものと一致するとますます感じています。ここ2、300年の
ヨーロッパの絵画は、年を重ねるにつれて私にとって違和感を
感じるものになり、まるで外国語のようです。（中略）あなた
のところの画家たちは皆、スコットランドのバラッドの作者や
アイルランドの民話を作り出した人たちのようにsimpleなので
す。現代のフランス詩人はsimpleではありませんが、昔のフラ
ンス詩人はsimpleです。［フランソワ・］ヴィヨンは、私がゲー
ル詩人の［アンソニー・］ラフタリーの中に見出したものと同
じようなsimpleな心をしており、それにさらに知的な力を加え
たようです。（中略）私もsimpleになりたいのですが、どうす
ればいいのかわかりません。私はいつも、あなたが送ってくれ
た本のページをめくりながら、老齢になった私がその方法を発
見できればいいと望んでいます。この画家たちの人生がどのよ
うなものだったか、つまり彼らがどのように話をしていたか、
彼らがどのように愛していたか、彼らが何を信じていたか、ど
んな人を自らの友としていたのか、といったことについて、誰
か日本人がすべてを教えてくれたらいいと思っています。私は
これらのことを詳しく知りたいと思っていますし、彼らの家が
まだ建っているならば、どんな様子だったか知りたいのです。
（中略）そうすれば、彼らのsimplicityをより理解しやすくなる
かもしれません。美の形は、われわれには一世代も続きません
が、あなた方の場合は何世紀も続くのです。（中略）私たち西
洋のエゴイズムに毒されない限りは[1]。

第 1 章　雪と炎の "simplicity" ——ヨネ・ノグチ（野口米次郎）の『広重』をW. B. イェイツはどう読んだのか——

この手紙における、イェイツの日本美術の "simplicity" に関する意見について、日本の美の受容だとして称賛する意見がある。一方で、ステレオタイプ的、オリエンタリズム的ではないかとの指摘がある。

　まずは称賛する意見を引用しよう。ケント州立大学のハクタニ・ヨシノブは次のように言う。

　　この手紙からもわかるように、イェイツが能に出会ったのは、イギリスで見た東洋絵画に魅了された後だった。日本の視覚芸術への興味は、ノグチの『日本美術の精神』や、後にコロタイプの挿絵と彩色した口絵を制作した『広重』（1921 年）によって強まった。イェイツを刺激したのは、芸術家たちのsimplicityであり、時代や場所を超えた 100 年来の美の形であったと思われる。近代的な技術や科学に憤慨した彼は、芸術や文学におけるリアリズムに断固として反対していた。彼にとって写実主義は、深く刻み込まれた人間の精神や性格を明らかにすることができないからだ。その後、彼は、能の舞台では高貴な気質や深い感情がsimplicityのうちに表現されていることを知った。日本美術のsimpleな美しさについてのイェイツの言葉は、ノグチが能楽をどのように特徴づけているかと呼応している[2]。

このようにハクタニは、イェイツが日本美術の "simplicity" に時を超えた美を見出したという点、そしてそれを西洋近代の技術や科学および芸術におけるリアリズムに対する対抗策として見ていた点を高く評価する。また受容の順序として、イェイツはまず日本美術に

—5—

関心を寄せ[3]、続いて能楽に関心を寄せたという。この観点からすると、イェイツの能楽の受容について検討するにあたり、イェイツが日本美術の "simplicity" をどのように見たかを検討することが重要になる。これは確かに重要な視点である。

実際、イェイツは能楽の前に、浮世絵からの影響を演劇に反映させている。イェイツは、浮世絵を自らが率いていた劇団・劇場であるアベイ座での演出に取り入れたこともある。1904年上演のジョン・ミリントン・シングの戯曲『聖者の泉』(*The Well of the Saints*) の演出にあたり、イェイツは大英博物館の版画室に通って、そこに展示されていた浮世絵を参考にしたという[4]。加えて、大英図書館版画室の学芸員で、東洋美術の専門家であったローレンス・ビニョンとイェイツは交流を持ち、その著書『極東の絵画』(*Painting in the Far East*) を愛読していた。1909年にレディ・グレゴリーは同書をイェイツに送り、イェイツはそれを自らの日記に記している[5]。

さて、話を戻そう。ここで注意すべきは、イェイツがノグチ宛の書翰で用いている "simplicity" という語である。この語は日本美術に対するクリシェとして、粗雑に扱うべきではない。広重について、確かにアーネスト・フェノロサも「広重の絵の中においてのみ、数多くの日本の景勝地が、質料と色彩という最も simple で真実なる構成要素に還元されているのを見ることができる[6]」と書いて、その色数と線の少ない簡素な画面構成を讃えている。しかし、"simplicity" や "simple" と言う語は、「素朴さ」や「飾り気のなさ」、「質素さ」といったニュアンスもある。イェイツはその手紙において、浮世絵をアイルランドの民話作家やスコットランドのバラッド詩人のように、そして放浪の無頼詩人フランソワ・ヴィヨンのよう

第1章　雪と炎の"simplicity" ──ヨネ・ノグチ(野口米次郎)の『広重』をW. B. イェイツはどう読んだのか──

に、同じく放浪のゲール語詩人アンソニー・ラフタリーのように"simple"だと言っている。これは民衆的であるという意味も含んでいるだろう。一方、イェイツは自身の神秘主義哲学書『ヴィジョン』(*A Vision*)において、ウィリアム・ブレイクから学んだこととして、「simplicity と平凡さとの間にはなんと大きな溝があることか[7]」と書いている。このように、彼は"simplicity"を単純な素朴さとは異なった、精神性を帯びた特別な概念として扱っている。イェイツにとっての"simplicity"については、第3節で細かく論じることとなる。

　イェイツが日本美術に対して"simplicity"という語を用いたことについて、オリエンタリズムとして批判する意見も存在する。ジョン・ドグルーチーは次のように主張する。

　　この一節で私たちの目に飛び込んでくるのは、イェイツの日本文化のsimplicityについての概念である。日本とその芸術はまた、不変のものと見なされており、これもおなじみのオリエンタリズムの表現である。日本の芸術家は、アイルランドやスコットランドのsimpleまたはprimitiveな語り手と同一視されているが、この比較は、例に挙げられている芸術家や語り手自身にとっては心外なことかもしれない。実際、彼らの単純さは、彼らが実際に持っているものではなく、イェイツが彼らに当てはめたものに過ぎない。このようなイメージとは対照的に、近代ヨーロッパの芸術や詩は複雑なもので、特にイェイツ自身の詩は、「私自身は単純でありたいと思うが、どうすればいいのかわからない」というほど複雑なものだ。ヨーロッパとヨーロッパのモダニズムは、ただ単に先進的であるという、当たり

─7─

前の前提があるのである。イェイツにとって、先進的でない文化は優れていると見なされ、近代文明は堕落し、「奇妙になった」と見なされる。これは、もしそれが真実であるとすれば、典型的なオリエンタリストの態度の反転であることは間違いないだろう。この手紙は、明らかに感謝と感激を表わそうとするものでありながら、見下すような口調で書かれているのは明らかである[8]。

手厳しいが、この批判はある意味で正しい。前述のイェイツによる書翰に表明されているものは、確かにある種のオリエンタリズム、あるいは単純化した日本の美術に対する見方である。イェイツはその書翰で、広重という浮世絵画家個人を扱うのではなく、「あなたのところの画家たち」と集合的に扱っている。そして「日本」美術ではなく「東洋」美術という大きな枠組み[9]で扱い、それに見られるものが時代を超えた美であるとすると同時に、社会も数世紀にわたって変わらないものと見做している。これは東洋を停滞と見做すオリエンタリストの眼差しである。また、その東洋の美が西洋の利己主義に毒されていない限り不変のものであるとする見方は、東洋を無垢なるものと見做す眼差しであると同時に、東洋の美術がエゴ＝自我と無縁のものとする見方、東洋に自我と自律を認めない植民地的な見方とも重なるものである。

　確かにイェイツは常に「西洋」のまなざしから「東洋」を見た人物である。『ヴィジョン』における歴史記述に特徴的なように、彼が何か発言する際には、常にヨーロッパ人としての姿勢を崩すことはないのである[10]。

　このことについて、山崎弘行は『イェイツとオリエンタリズム』

第1章 雪と炎の“simplicity”——ヨネ・ノグチ（野口米次郎）の『広重』をW. B. イェイツはどう読んだのか——

で次のように指摘した。「イェイツは、西洋は精神で、東洋は自然だというヘーゲル流の世界認識の持ち主であった。しかも、精神から離脱して、自然に没入することを説く『東洋の英知』に憧れながらも、人間の精神主体の喪失を終生いさぎよしとしなかった抜き難い人間主義者であった[11]」。ここで指摘されているように、イェイツは、自我の放棄に憧れながらも自我にこだわった作家であった。『ヴィジョン』の神話体系でも、自我の放棄＝客観性の軸である《始原性》（*primary*）をアジア的とし、自我への執着＝主観性の軸である《対抗性》（*antithetical*）をヨーロッパ的として二律背反関係においている。そして前者は否定できないものとして扱いながらも、イェイツが後者の方に価値を置いているのは明白である。

　詩「自己と魂の対話」（“A Dialogue of Self and Soul”）でも、自我を放棄する《魂》（“My Soul”）と、《自己》（“My Self”）が対話をするが、詩の後半では《魂》は言葉を失い、《自己》が生を力強く肯定する内容となっている。これは、自我への執着から自由になる「『東洋の英知』に憧れながらも、人間の精神主体の喪失を終生いさぎよしとしなかった」イェイツの姿と重なるとも言えよう。そのように考えるならば、ノグチの『広重』を称賛するイェイツのこの書翰は、やはり単純なオリエンタリズムに過ぎないのだろうか。自我に執着し、「西洋」のまなざしから「東洋」を見たイェイツは、広重の浮世絵に、あるいはノグチの語る『広重』に自我の放棄、すなわち「人間の精神主体の喪失」を見出したのだろうか。

　しかし、ここに重要な点がある。ノグチが『広重』で実際にどのようなことを論じていたのかを検証する必要がある。『広重』におけるノグチの論は単純ではない。ノグチは「自然に没入すること」について、「人間の精神主体の喪失」として捉えず、独自の解釈を

—9—

施している。ノグチの英文を引用する。

Enter into Nature, and forget her. Again, depict Nature, and transcend her. I like to interpret such phrases by saying that one should be like Hiroshige himself who paid no attention to the small inessential details, when he grasped firmly the most important point of Nature which he had wished before to see, hold and draw. To transfer such a moment one has only to depend on the power of suggestion ; surely here is no other method than that.[12]

イェイツが読んだのは英語版だが、ノグチ自身の日本語だと次のようになる。

　自然に入つて自然を忘れよ、又自然を描いて自然を脱せよといふ言葉は、捕へたい見たい書きたいと思ふ最大要点を得た時にその他の細々とした小自然の現象は切捨てて顧みなかつた広重のやうになれといふやうに僕は解釈したい。そしてそれを立派にカンバスに伝えやうとするには暗示的芸術の力に依るより外に方法はない[13]。

これはノグチの広重論のいい要約となっている。この箇所に表れているように、ノグチの説明する広重は「人間の精神主体の喪失」を潔しとする人物でもなければ、オリエンタリストの描く「アジア的」＝「自然的」＝受動的な姿でもない。むしろその逆であり、自分の「精神主体」を自然に押し付け、場合によっては自己の主観的なフィルターで自然像を歪めるような芸術家である。そうすると、

第1章 雪と炎の"simplicity"――ヨネ・ノグチ(野口米次郎)の『広重』をW.B.イェイツはどう読んだのか――

先の二つの引用に見られる論考には、修正の余地がある。なぜなら ば、それらはノグチの広重論に見られるものが、オリエンタリスト が期待するものと同じものだという前提に立っているからである。

　それならば、イェイツはノグチの『広重』の何に感銘を受けたの だろうか。同書にはもちろん広重の浮世絵も印刷されているもの の、画集というより解説書という側面が強い著作である。1枚のみ カラーの浮世絵の口絵があり、その他白黒印刷の浮世絵が19枚収 録されているものの、その多くは巻末にまとめてある体裁である。

　このことから考えると、イェイツが感銘を受けたものとして、そ の論述の部分が大きいと言えるだろう。本論はノグチからイェイツ の影響関係を探るものではなく、ノグチの『広重』のどこにイェイ ツが心惹かれる要素があったのか、またなぜイェイツは1921年当 時、そのような側面に惹かれたのか、それを探るものである。

◆2. ノグチの『広重』

　『広重』において、ノグチは広重をどのように論じていたのだろ うか。この本は浮世絵に関するまとまったノグチの英文著作として は最初のものである。1926年にフランス語翻訳版が豪華版として 出版されている[14]ため、海外で大きな反響を呼んだものだと思われ る。この本の解説の前半部分は1918年にノグチが主催した広重没 後六十年記念展覧会の際の解説の英訳であり、元となった日本語版 は後に『六大浮世絵師』(1919年)に収録されて出版された。その ため、同書の前半部分だけ、ノグチ本人による日本語版が存在する (よって適宜、英文と日本語文の双方を引用する)。

　この本は次のようなエピソードから始まる。ノグチがアメリカか ら帰ってきたとき、まるで自分が「青い目」の人間になったのよう

― 11 ―

に古い日本を見つめて罵ってしまっていたという。そんな折、向島で隅田川の花見舟に乗った時、自分がまるで広重の浮世絵「隅田川花盛」に入り込んでしまったかのような体験をした[15]。そこでノグチは叫んだ、「なんと、オスカー・ワイルドがかつて叫んだように、自然は芸術を模倣する！今日の向島はかつての広重の浮世絵を模倣している！[16]」。そして彼は日本人としての「黒い目」を取り戻したという。これは、自称「二重国籍者」として日本とアメリカの双方への想いに引き裂かれ、ナショナル・アイデンティティの揺らぎに苦しんだノグチが、落ち着いた自己を取り戻した体験として重要なものである。

　そしてそれ以上に重要なのが、ここで「自然は芸術を模倣する」と、オスカー・ワイルドの格言を引用しているところである。この格言を半ば体現する芸術家として、ノグチは広重を論じるのである。

　ノグチは広重の独自性を主張するにあたり、西洋絵画と比較する。しかしその主張は、いわゆるオリエンタリスト／ジャポニストによる一般的な言説とは異なり[17]、とても激しいものとなっている。ノグチいわく、西洋の画家は自然を模倣しようとするが、広重はそうではないという。

> The western landscape art, whether it be above photograph or beneath photograph, attempts usually to imitate Nature or to take her copy; the artist may become a soft-voiced lover toward Nature, but not a conqueror wildly waging an artistic battle.[18]

　在来の西洋の風景画は写真以上にせよ又写真以下にせよ、その

第1章　雪と炎の "simplicity" ──ヨネ・ノグチ（野口米次郎）の「広重」をW. B. イェイツはどう読んだのか──

大部分は自然を模造し或はその複製（コピー）を取らうとした。その作家は自然に対する愛人といふことが出来る場合はあるが、戦勝者の態度で自然へ戦争を仕掛けることができる所謂芸術の勇者でない[19]。

なかなか勇ましい表現である。いずれにせよ、ノグチの述べる広重は「人間の精神主体の喪失」のような形で「自然に没入すること」を良しとする画家ではない。ノグチによれば、広重は繰り返し同じ題材を描いたが、そこに自己の気分を投影したという。彼曰く、"what we see in them is his artistic personality, but not a scenic photograph[20]"、彼自身の日本語で言うなら「我我が彼の絵で見る所のものは彼の芸術的人格で、決して単に風景の写真のみで無い[21]」のである。広重の描く風景は彼の眼と人格、あるいは主観を通して再構成され、その絵筆を以って表現されたものである。ノグチによれば、広重は美しい風景を描いているがゆえに表面上 "realist or objective artist[22]"「客観的画家の範囲の人[23]」のように見えるが、それは "atmosphere or pictorial personality[24]"「芸術的空気云ひ替へると人格性[25]」を伝えるためであって、実際は "idealist or subjective artist[26]"「理想派或は主観的画家[27]」であるというのだ。

"realist or objective artist" と "idealist or subjective artist" を対比し、後者を良しとするノグチの価値観は、イェイツと極めて近いように思われる。特に、このノグチの『広重』を受け取った年、1921年にイェイツは、能楽を元にした戯曲集『踊り子のための四つの戯曲』（*Four Plays for Dancers*）を出版しているが、そこに収録された『カルヴァリ』（*Calvary*）の注釈において、イェイツは「客観的」（objective）と「主観的」（subjective）を対比する二律背反の思想を

── 13 ──

示している。この対比は後に『ヴィジョン』において《始原性》と《対抗性》の二律背反として、進んだ形で体系化されることになる。この思想は『広重』の出版や『カルヴァリ』の執筆前、少なくとも「月の諸相」（"The Phases of the Moon"）の執筆頃には、イェイツが温めていたものだと思われる。しかし、イェイツが「客観的」と「主観的」との対比に強い興味を抱いていた時期にノグチの『広重』に出会ったという事実は大きいだろう。

　さて、そのような "subjective artist" である広重は、どのように主観を以って風景を捉えるのだろうか。ここで、先ほどの引用を読み直してみよう。広重は自然の風景を観察し、「捕へたい見たい書きたいと思ふ最大要点を得た時に」、主観によって「その他の細々とした小自然の現象は切捨て」たということである。これはすなわち省略の美学であるが、これをノグチは "suggestive art[28]"「暗示的芸術[29]」と呼んでいる。彼によればそれこそが、"vivid and simple[30]"「生気に富む単純[31]」な表現となるのである。ここでようやく、広重の作品における "simple" についてノグチは語り始めることになる。

　広重が死の前年に作成した「木曽路之山川」について、ノグチは次のように語る。この箇所に対応するノグチ自身の日本語文はないため、後に拙訳を付す。

One year before his death, Hiroshige again brought out a scene of Kiso in Kisoji no Yama Kawa or "Kiso Mountains and Rivers in Snow," in which this great master of the Ukiyoe school expressed his marvellous adaptability to the limitation of the colour-print technique; the triptych is a most wonderful specimen simply and felicitously executed, the great part of the sheets being left blank to represent the snows. Mr. Kojima reasons that such a simple graceful art came into existence, because the general taste of the people in Yedo when the time advanced toward the Grand Restoration, had become tired of ostentatious gaiety and sought its ideal of refinement in the divine precincts of simplicity where the soul's highest rhythm was thought to be singing. The Tokugawa civilisation most naturally had her downfall when she reached her highest development ; again Hiroshige died most happily at the time when he had mastered his highest art, that is, the purest art of simplicity.[32]

広重は死の1年前に再び木曽の風景を描いた「木曽路之山川」を発表したが、この浮世絵の巨匠は、色刷り技法の限界に驚くほど適応している。この三枚絵は、雪を表現するためにシートの大部分を空白にして、シンプルかつ見事に表現した最も素晴らしい見本である。小島［烏水］氏は、このような素朴で優美な芸術が生まれたのは、明治維新に向けて時代が進んだとき、江戸の人々の一般的な好みが、仰々しい華やかさに嫌気がさし、魂の最高のリズムが歌うと考えられていた素朴さという神の境地に洗練の理想を求めていたためだと推論している。徳川の文明は、その最高の発展を遂げたときに、最も自然に滅亡した。広重もまた、自分の最高の芸術、すなわち純粋な簡素の芸術を極めたときに、最も幸福な死を迎えたのである。

第一部：イェイツと浮世絵

XVIII. **Kisoji no Yama Kawa.** Kiso Mountains and Rivers in Snow.
図1：「木曽路之山川」（*Ibid* 54）

　この箇所が、ノグチの『広重』という本において"simplicity"の語が登場する唯一の箇所である。"simple"の語は別の箇所であと2回用いられているが、まとまった記述はやはりここのみである。ということは、イェイツが『広重』で最も印象に残った箇所はここであると言えるだろう。この「木曽路之山川」という浮世絵において、広重は余白を用いて雪を表現した。その"simplicity"は江戸時代という、武士中心の貴族的な社会が崩壊する直前に最高になったという。芸術様式と文明の移り変わりの関係、貴族的な社会と民主的な社会の交代についてのこの記述は、イェイツが『ヴィジョン』などで披露することになる思想と共通したものを感じさせる。

　ノグチが参照している Mr. Kojima というのは、浮世絵収集家の小島烏水である[33]。その著書"Hiroshige and Landscape Art"とノグチが書いているのは、1914年に出版された『浮世絵と風景画』のことであろう。同書は確かに浮世絵について語っている本であるが、ノグチの論とは大きく異なる。小島は、アーネスト・フェノロサの

— 16 —

第1章　雪と炎の"simplicity" ——ヨネ・ノグチ(野口米次郎)の『広重』をW. B. イェイツはどう読んだのか——

「日本では徳川時代になつて、始めて平民の美術を見ることが出来た[34]」という意見を紹介しつつ、浮世絵は「侮蔑された階級に属してゐる[35]」者たちの芸術であつたと論じる。そして広重を「平俗にして、卑近なるアーチザン[36]」とし、次のように書く。

　　我が風景画家歌川広重は、この江戸文明の爛熟した天保年代に栄えて、浮世絵の頽廃末紀ともいふべき安政年間に凋落した、彼は光栄ある浮世絵史の結末を附けるために、数多の江戸市民から選出されたやうに、前には存在しなかつた風景画なるものを完成して、特殊の位置にまで押し上げ、その大事業の終局と共に、彼も世を去り、間もなく浮世絵も、徳川幕府の顛覆と共に、全く滅亡してしまつた、しかしながら江戸末期の文明から、たとひ凡てを引去るとするも、北斎と広重は鉱滓の中の精金のやうに残らなければならぬ、又光つてゐるのである[37]。

このように、小島は広重を江戸の民衆の代表者として描く。そのため、江戸幕府の終焉とともに、その芸術であつた浮世絵も滅び、彼も亡くなつたと論じている。小島にとつて、あくまで広重は民衆の代表たる「平俗にして、卑近なるアーチザン」なのである。この「平俗」という語のノグチ版が、彼の用いる"simple"や"simplicity"であると言えるが、ニュアンスは大きく異なる。ノグチは広重の庶民性に言及しない。なお、「木曽路之山川」に関する箇所は残念ながらノグチ自身の日本語版にないが、先に引用した箇所にもあるように、"simple"にあたる語としてノグチが用いている語は「単純[38]」である。

　小島も、広重の雪の絵について「単純」の語を用いて論じている

— 17 —

箇所があるが、次のような論法である。「思ふに彼［広重］の雪景に対するのは、自己を虚しうして、自然に向かへる小児のやうに、単純なる心と、駭目の情とを以つてするのではあるまいか[39]」。これは、広重を自己滅却の芸術家、あるいは子供のような無邪気な画家と見做すものであり、ノグチの語る「戦勝者の態度で自然へ戦争を仕掛けることができる所謂芸術の勇者」とは大いに異なるものである。

　このようにノグチの描く主観的な芸術家としての広重像は、他の批評家のものと大いに異なっているため、それがイェイツの興味を引いたであろうことは推測できる。しかし、ノグチの広重観がそのままイェイツに影響したわけではないであろう。むしろイェイツがもともと持っていた彼独自の"simplicity"観に近いものをノグチの広重観に見出したために喜んだのではないだろうか。次節では、イェイツ独自の"simplicity"観について論じる。先にイェイツが用いる"simple"には民衆的、という意味も含まれていると書いたが、それだけではないのである。

◆ 3．"simplicity through intensity"

　先に触れたように、ノグチ宛のイェイツの書翰では、確かに浮世絵画家を東洋美術と大きな枠組みで扱い、集合的に扱ってしまっている。また芸術そのものだけでなく、その「東洋」の社会も（西洋の利己主義に毒されない限り）不変と見ている点で、オリエンタリズムであるとの批判は免れない。しかし、そこで語られている彼の悩みに目を向ける必要がある。それは、"simple"になりたいのだが、なれないという悩みである。この悩みは当時構想していた『ヴィジョン』にも表されている。

イェイツは『ヴィジョン』で、月の諸相に合わせて人格を28相に分類している。そこでパーシー・ビッシュ・シェリー、ウィリアム・モリスやウォルター・サヴェージ・ランダーなど抒情詩人を、そしてイェイツ自身を月の第17相に置いている。この17相がどのような人格として描かれてるかを分析することは、イェイツが自分自身についてどのように考えていたかを分析することになる。

イェイツは第17相を「ダイモン的な人間［*Daimonic Man*］[40]」としている。誤解されることがあるが、イェイツにおける「ダイモン」とは悪魔「デーモン」ではなく、原義のギリシア哲学における霊的存在に由来しており、独自の発展を見せている概念である。イェイツにおけるダイモンは「完全なる反対を象徴するものとして（中略）イェイツの体系における根本的な二重性を示している[41]」存在である。イェイツ自身はそれを「究極の自己［ultimate self］[42]」とも呼ぶが、人間と重なり合う別の霊的存在とでも言うべき存在である。それはカトリシズムにおける守護天使とも似ているが、真逆の働きをする。ソクラテスがダイモンの声を聞いて不当な死刑判決を受け入れたように、イェイツにおけるダイモンは、人間を耐えられる限りの最も過酷な運命へと直面させる存在である。なぜそのように働くかというと、ある個人のダイモンはその人と真逆の精神構造をしているため、自分とは最も異なるもの、真逆のものを追い求めるように、その人に働きかけるためである。そして「ダイモン的な人間」とは、その人の生来の自己と真逆のものを追い求めるがゆえに苦しむ度合いが最も強い人間のことである。それをイェイツは月の17相という地上で実現可能な最も《対抗性》の強い相、すなわち最も主観的で、最も貴族的な相とした。

イェイツの体系において、その人格の生来の人格 *Will*（イェイツ

はいわゆる通俗的な「ありのままの自分」なるものを認めていない
ことに注意）と正反対であり、それゆえに憧れる対象となる反自我
のことを *Mask* と呼ぶ。第17相の場合、その *Mask* として憧れるも
のが、正反対の第3相に由来する "simplicity through intensity[43]" で
ある。イェイツ自身が第17相であることを念頭に置けば、これは
イェイツ自身が憧れていた状態であると同時に、彼自身、それが自
らの対極に位置しているものだと認識していると言える。

　17相の抒情詩人たちは、その "simplicity" に憧れる。それゆえ
にランダーやモリス、シェリーやテオクリトスなどは牧歌的なもの
を描いた[44]という。これらの詩人は、自らの生来の自己の逆である
"simplicity" を、その内面の激しさ "intensity" を通して達成しよう
としていたというのである。

　しかし、イェイツは "simplicity" を達成することができない。こ
の時期はイェイツが『自叙伝』（*Autobiographies*）収録となる自伝
的文章『ヴェールの揺らぎ』（*The Trembling of the Veil*）を書いてい
た時期でもある。この文章は、後に『ヴィジョン』に集約されるこ
とになる彼独自の神話思想が多く含まれており、『ヴィジョン』の
草稿としての意味合いもある。この文章の執筆はイェイツにとっ
て、自伝として過去を振り返りつつ自己分析を行い、それを個人神
話にあてはめる作業であった。そして、そこにも "simplicity" を達
成できない自分に関するイェイツの葛藤が見て取れるとジェラル
ド・レヴィンは指摘している。「イェイツの『自叙伝』の緊張感は、
彼が自分自身の "simplicity that is also intensity" を見出すことがで
きず、怒り、憎しみ、悪夢に陥ってしまうかもしれないという自覚
にある[45]」と彼は書いている。しかし、なぜ "simplicity" への憧れ
が怒りや憎しみなどに変わってしまうのだろうか。

第 1 章　雪と炎の"simplicity"——ヨネ・ノグチ（野口米次郎）の『広重』をW. B. イェイツはどう読んだのか——

　その理由の一つは、第17相の詩人には党派的人物やプロパガンディストとしての側面もあるからである。実際、イェイツが例として挙げているシェリー、モリス、ランダーはみな抒情詩人であると同時に、社会改革や政治運動に取り組んだ作家である。イェイツは『ヴィジョン』で次のように書いている。

　　　この相の人間は、ほとんど常に党派的で、プロパガンダ屋で、群衆的である。しかし、狩人や漁師の孤独な生活や「淡い情熱の恋人たちの木立」を前に掲げる単純化の仮面のために、彼らは政党や群衆やプロパガンダが嫌いなのである[46]。

これは興味深いイェイツの自己分析である。党派的で、プロパガンダ屋で、群衆的な人間というのは、イェイツがまさに嫌ったような人間のタイプだ。しかし、イェイツ自身も党派的な論客として、独立運動や文学活動、そしてアイルランド自由国の上院議員として活躍した人物である。群衆的であることを嫌い、アイルランド西部の塔バリリー塔に住むことなどで孤高の存在であることを意識的に演出していたが、一方で交友関係が広い社交家でもあった。自らが党派的な論客でありながらそういった人間を嫌っている、ということを、イェイツは自覚していたのだろう。そして、その嫌悪感を生むのは、「単純化の仮面」として、狩人や釣師の孤独な生活に強く憧れているためである。

　イェイツは「存在しない」理想的な釣師への憧れを詩「釣師」（"The Fisherman"）に描いた。その詩において、その釣師は「思慮深くも素朴［This wise and simple man］[47]）（8行目）として描かれている。この詩の草稿において、この表現は第1稿から登場してい

— 21 —

る[48]。ということは、この"simple"の語は音合わせなどで後から現れた語などではなく、イェイツの初期構想から念頭にあった言葉であると推測することもできる。憧れの存在であると同時に自らと逆の存在を"wise and simple"としているのである。

さて、イェイツが憧れた"simplicity"とはどのようなものなのだろうか。牧歌や釣師などに関わるものでもあるため、「素朴な」といったニュアンスもあるだろう。そう考えると、イェイツがノグチ宛の書翰に書いたような、民話作家やバラッド詩人、放浪詩人などと重なるのは理解できる。しかし、それだけであろうか。イェイツは「釣師」の末尾で、「夜明けのように冷たく/情熱に燃えるような［"cold / [a]nd passionate as the dawn"］」（39-40行目）な詩を書きたいと宣言している。これは彼にとっての理想的な詩のことを指すと思われるが、ここで"passionate"とあることに注目したい。

これについて、デニス・ドノヒューが興味深い指摘をしている。彼によれば、イェイツにとって"simple"は"passionate"であるということである。"passionate"な人物を描くことを目指したイェイツの演劇は"simple"になっていったという。彼曰く、「ヒースクリフはエドガー・リントンほど複雑ではない。情熱は差異を消し去る。イェイツが情熱というものにの向かい合うやり方は、彼が単純さと力へ向かい合う方法、いわば、炎の単純さに対する向かい合い方の一つの在り方である[49]」。「炎の単純さ［the simplicity of fire］」というのはイェイツの詩「動揺」（"Vacillation"）の一節だが、ドノヒューはイェイツの芸術観、特に"simple"観をまとめるにあたり、気の利いた語句を引用していると言えるだろう。注意しなくてはいけないのは、イェイツは自らが炎のように"simple"な心の人間になろうとしたのではなく、内面の激しさ"intensity"を通して炎の

ように"simple"な作品を書こうとしたのである。

　それでは、その"the simplicity of fire"という表現が用いられている「動揺」の一節を見てみよう。この詩では、天上的な価値と地上的な価値の間での迷いが表現されている。

　　　The Soul. Seek out reality, leave things that seem.

　　　The Heart: What, be a singer born and lack a theme?

　　　The Soul. Isaiah's coal, what more can man desire?

　　　The Heart: Struck dumb in the simplicity of fire!

　　　The Soul. Look on that fire, salvation walks within.

　　　The Heart: What theme had Homer but original sin?（72－77行目）

　　　魂：現実を見つけ出せ。表面だけのものは放っておけ。

　　　心：なんだと、詩人として生まれたものの、主題を失った者は
　　　　　どうなる？

　　　魂：イザヤ書の炭火を思え。人間に望めるものにそれ以上のも
　　　　　のがあるか？

　　　心：純粋なる焔に焼かれて言葉などない！

　　　魂：あの焔を見よ、救済がその中を歩いている。

　　　魂：原罪以外にホメロスが歌い上げたものがあるとでも言うの
　　　　　か？

この箇所において、天上の救済を求めるような、自己を滅却するような"the simplicity of fire"は詩人の言葉を失なわせるものとして、魅力的なものとして描かれながらも退けられている。そしてホメロスに倣い、原罪を、すなわち"simple"になれない地上の人間の複

雑さ「人間すべての有様を／ただただすべて捩れたものどもを／人間の血塗られた怒りと汚泥［All that man is, / All mere complexities, / The fury and the mire of human veins］」(「ビザンティウム」"Byzantium" 6-8行目）を歌い上げることをイェイツは選択する。刊行された『ヴィジョン』初版や改訂版には収録されていないが、1918年自動筆記草稿のリストでは、ホメロスはイェイツ自身と同じ17相に分類されていた[50]。このことは、イェイツがホメロスと自分自身を同一視しようとしていたことを示唆している。情熱によって差異を消滅させる炎の単純さにどこまでも憧れながらも、それに安住してしまうことも、どうやらイェイツはできなかったようである。

　それならば、"simple" な芸術を創り出すことはできないのだろうか。ここで、ノグチ宛の書翰で "simple" な作品を書いた詩人として挙げられていたフランソワ・ヴィヨンについて考えてみよう。15世紀のフランス詩人ヴィヨンは司祭を殺し、悪漢たちと放浪の生活を送った人物である。しかし、イェイツにとって彼は、中世から近代に変わる時代、宗教の慰めなしに個人的な苦悩と向き合い、その孤独の中から詩を書いた詩人として重要である[51]。イェイツは彼を「強盗ヴィヨン[52]」と呼びながら、想像力を喜びで満たすその詩は「生命力に満ちていてsimpleな[53]」アイルランドの農民を喜ばせただろうと語る。別のエッセイでは、ヴィヨンは強盗どころか「女衒、こそ泥、人殺し[54]」と呼ばれるが、それでも「彼は、その破滅の叫びの中に偉大な真実を示した[55]」あるいは「誰の目にも明らかな苦難を抱え、古代のsimplicityを以って生を歌い上げた[56]」として、苦難の中で人生の真実を "simple" に歌い上げた詩人として讃えられている。これは人生の苦難をポジティブに捉えたというわけではなく、その逆である。自分の人生を絶え間ない苦難や闘争と

第 1 章　雪と炎の "simplicity" ——ヨネ・ノグチ（野口米次郎）の『広重』をW. B. イェイツはどう読んだのか——

見做す能力をイェイツ独自の用語で「悪のヴィジョン［Vision of Evil］」という[57]が、『ヴェールの揺らぎ』ではヴィヨンはこの能力を失うことなく、苦難の中から偽りでない美を創り出したというのである[58]。つまりイェイツによれば、ヴィヨンの作品の持つ "simple" さは平穏無事な人生と穏やかな心から生まれたのではなく、激動の人生と荒れ狂う "passionate" な心から生まれたものなのだ。

　イェイツによれば、"simple" で不変な芸術を作り出すのは、静止した精神ではない。イェイツは1920年に、佐藤醇造という日本人から日本刀・備州長船元重を受け取った。イェイツはそれを不変の芸術の象徴として尊び、詩に詠みこんでいった。詩「自己と魂の対話」ではそれを《対抗性》の象徴としている。そして「内戦時の瞑想」（"Meditations in Time of Civil War"）で その刀について「ただ疼く心のみが／永代変わらぬ芸術を心に宿すのだ［only an aching heart / [c]onceives the changeless work of art]」（13 – 14行目）と書いたように、激しく苦悶する心こそが永続する芸術を創造するとする。"simple" で不変な作品世界を創造するものは、悟りとは対極の、自我に執着する《対抗性》の強い精神であるとイェイツは考えた。内面を "simple" とするのではなく、荒れ狂うほどの主観的な激しさを持つ芸術家こそが、時の流れを超えるかのような "simple" な作品を創り出すという。イェイツが憧れたのは、そしてノグチの論じた広重は、まさにそのような芸術家であった。

◆ 4．まとめ

　ドグルーチーが批判したように、イェイツが浮世絵を含めた日本美術を、過去からほぼ変わっていないもの、近代以前の姿を留めたものであると見ていたことは否定できない。しかし、『ヴィジョン』

で表明したような彼の特異な思想は、それを単純なオリエンタリズムに留めなかった。

イェイツはノグチの『広重』に感銘を受けたと書いたが、それはノグチに影響を受けたということではなく、ノグチが表明した"simplicity"などについての考えが、たまたまイェイツ自身のものと似ていた部分があったのと思われる。それはただの日本の芸術に対するクリシェ、あるいはオリエンタリズムとは少し違う側面を持つものであった。

ノグチは日本美術、特に広重の独自性を強調しようとした。その際、西洋絵画を客観的で写実的であるとし、広重はその逆の主観的な画家であるとした。そんな広重は主観によって描きたいもの以外を切り捨て、"suggestive"に描くことで "vivid and simple"な表現を達成したという。また、江戸幕府という貴族的な社会が崩壊する際にその"simplicity"が最高になったとした。ノグチの『広重』に示された主観的芸術家と客観的芸術家の対比や、文明の交代と合わせた芸術様式の没落や勃興などは、イェイツの『ヴィジョン』の思想を連想させるものでもある。

イェイツは彼なりの"simplicity"を追求しようとしており、それが達成できないことに悩んでいた。イェイツは"simplicity through intensity"の境地に憧れており、それを自らの心と対極にある理想の境地と見た。しかし、我執を捨て、真に"simplicity"の状態となっては創作が出来ない。そのため、天上の救済を求めるような"simplicity"も否定し、ホメロスに倣い、原罪を歌い上げることをイェイツは選択する。ノグチの描いた広重がそうであったように、"simple"で不変な芸術を作り出すのは、悟りとは対極の、自我に執着する《対抗的》な精神であるとイェイツは考えていたからであ

る。

注

1 ）　Shotaro Oshima, *W. B. Yeats and Japan*（Tokyo: Hokuseido Press, 1965）
20-21.

2 ）　Yoshinobu Harutani, *East-West Literary Imagination: Cultural Exchanges from Yeats to Morrison*（Columbia, Missouri: University of Missouri Press, 2018）72-73.

3 ）　イェイツは浮世絵愛好家でもあった。ラファエル前派の肖像画家を父に持ち、ダブリンの美術学校で学んだ彼は、若い頃から浮世絵やジャポニズムの絵画に触れていたことも指摘されている（Sean Golden,*Yeats and Asia: Overviews and Case Studies.*（Cork: Cork University Press, 2020）160-01）。その興味は晩年にも続いていた。イェイツと交流のあった尾島庄太郎は1935年にイェイツに浮世絵の本を送った。1938年、晩年のイェイツの自宅を訪問した尾島庄太郎は、そこに20ほどの浮世絵が飾られていたこと、そして浮世絵について会話を交わしたことを記している（Oshima, 102）。尾島が送った浮世絵の本は現在もイェイツの蔵書に遺されており、その中には1935年の尾島のサインの入りの、ノグチ著『初期浮世絵』（*Ukiyoe Primitives*）（Edward O' Shea, *A Descriptive Catalog of W .B. Yeats's Library*（New York: Garland, 1985）192）などがある。

4 ）　Golden, 155.

5 ）　イェイツの蔵書には現在1908年版ではなく、書き込みのある1913年版が遺されている。オシェーの蔵書調査によって、その裏表紙の内側に謎の言葉が鉛筆で書き込まれていることが分かっている。オシェーは "Hiroshige (first of the name) / Snow scene at Kamudo / Toto Musko Seru"（O'Shea, 27）としており、チャップマンの調査でもそれは踏襲されている（Wayne K. Chapman, *Something That I Read in a Book. W. B. Yeats's Annotations at the National Library of Ireland*（Clemson, South

California: Clemson University Press, 2022）50）が、これは悪筆で知られるイェイツの書いた "Snow scene at Kameido / Toto Meisho" という文字の誤読であり、「初代広重 / 亀戸（天満宮境内）雪 / 東都名所」という意味ではないかと思われる。しかし、「東都名所」の「亀戸天満宮境内雪」はビニョンの同書に収録されていなければ、言及もない。ノグチ著の『広重と日本の風景』（*Hiroshige and Japanese Landscape*）には収録されているが、この本はイェイツの蔵書に遺されていない。これはさらなる調査が必要である。

6）　Ernest Fenollosa, *An Outline of the History of Ukiyoye: Illustrated with Twenty Reproductions in Japanese Wood Engravings.* In Seiichi Yamaguchi Ed. *Ernest Francisco Fenollosa: Published Writings in English, Vol. 2* （Tokyo: Editon Synapse, 2009）50.

7）　*CW14,* 53.

8）　Johnde Gruchy, "An Ireland of the East: W. B. Yeats's Japan,"『鹿児島純心女子短期大学研究紀要』37（2007）197.

9）　この書翰では、日本だけでなく、中国やモンゴルの画家についても言及されている。

10）　これはイェイツ自身がアイルランドの過去を理想化する場合にも、同様なオリエンタリズム的眼差しでアイルランドを扱っている部分があるということでもある。

11）　山崎弘行『イェイツとオリエンタリズム：解釈学的立場から』（近代文芸社, 1996）22.

12）　Yone Noguchi, *Hiroshige.* Shigemi Inaga Ed. *Collected English Works of Yone Noguchi II: Books on Ukiyoe and Japanese Arts in English, Vol. 1* （Tokyo: Editon Synapse, 2009）6 .

13）　野口米次郎,『六大浮世絵師』（岩波書店, 1919）111. 本稿では原文の旧字は新字表記で引用する。

14）　堀まどか,『「二重国籍」詩人野口米次郎』（名古屋大学出版会, 2012）139-40.

15）　このエピソードは、1915年出版のノグチの『日本美術の精神』（*The*

Spirit of Japanese Art）にも収められている（38-39）。おそらくノグチにとって、とても重要な経験だったのだろうと思われる。しかし、日本人の「黒い目」を取り戻したという描写はなく、オスカー・ワイルドの「自然は芸術を模倣する」ということについて友人と対話をしたことについて記されている。このエッセイでは広重が中国の詩人になぞらえられたり、日本より西洋の画家に近いと見做していたりと、ナショナリティにこだわらない姿勢が見える。そのように、後の『広重』の内容とは異なっているが、広重を主観的画家と見做していることは共通している。

16)　Noguchi, *Hiroshige,* 2.

17)　先に引用したように、アーネスト・フェノロサは広重の色数や線の少ない構図を評価していた。また、メアリー・フェノロサは『霧と雪と雨の芸術家、広重』で広重が"the principles of landscape 'grammar'"を発見したことを讃えており（Mary McNeil Fenollosa, *Hiroshige, the Artist of Mist, Snow and Rain.* In Seiichi Yamaguchi Ed. *Ernest Francisco Fenollosa: Published Writings in English. Vol. 3*（Tokyo: Editon Synapse, 2009）8）、広重の構図や色彩を評価している。ビニョンも『極東の絵画』で広重の"composition"を重視している（Laurence Binyon, *Painting in the Far East*（London: Edward Arnold, 1908）243）。しかしノグチによれば真の画家にとって重要なのは"composition"（Noguchi, *Hiroshige* 5）を行うことではなく、自然の一部が他の部分と分かれて孤立するほど個性的な表現を見せる瞬間、彼の言葉で"isolation"（*Ibid.,* 5）を捉えることが重要であり、広重はそうしたのだという。いわゆるジョイス的な「エピファニー」を自然の中に見出すということだろうか。しかし、一方でこの"isolation"の理論を強調すると広重は写実派の画家となってしまうため、この箇所についてノグチは論が混乱している。それでもノグチがこのように書いてしまったのは、"composition"を強調する他のオリエンタリストへの対抗意識なのではないかと思われる。

18)　*Ibid.,* 5-6 .

19) 野口, 109.

20) Noguchi, *Hiroshige,* 24.

21) 野口, 128-29.

22) Noguchi, *Hiroshige,* 9.

23) 野口, 113.

24) Noguchi, *Hiroshige,* 10 .

25) 野口, 114.

26) Noguchi, *Hiroshige,* 10 .

27) 野口, 114.

28) *Ibid.,.* 8.

29) 野口, 111.

30) Noguchi, *Hiroshige,* 8.

31) 野口, 111.

32) *Ibid.,* 32.

33) *Ibid.,* 29.

34) 小島烏水,『小島烏水全集13』（大修館書店, 1984) 16; 原文の強調を
イタリックで引用。

35) *Ibid.,* 23.

36) *Ibid.,* 4.

37) *Ibid.,* 24.

38) 野口, 111; 123.

39) 小島, 145.

40) *CW13,* 62; *CW14,* 105.

41) Neil Mann, *A Reader's Guide to Yeats's A Vison*（Clemson, South
California: Clemson University Press, 2019) 153.

42) *CW14,* 61.

43) *Ibid.*

44) *CW14,* 82; *CW13,* 37.

45) Gerald Levin, "The Yeats of the *Autobiographies:* A Man of Phase 17,"
Texas Studies in Literature and Language. 6.3.（1964) 404.

第 1 章　雪と炎の "simplicity" ──ヨネ・ノグチ（野口米次郎）の『広重』をW. B. イェイツはどう読んだのか──

46)　*CW13,* 64 ; *CW14,* 107

47)　本書ではイェイツの詩の引用は*CW1* による。

48)　*WS-MS* 139-40.

49)　Denis Donoghue, *Yeats* (London: Fontana, 1971) 96.

50)　Mann, 306.

51)　エズラ・パウンドはヴィヨンを最初の近代詩人として重視し、イェ
　　　イツもその影響を受けていた。そして1919年から1925年にかけてイェ
　　　イツがヴィヨンを読み直し、独自のヴィヨン像を築いたことについて
　　　の研究がある（George J. Bornstein and Hugh H. Witemeyer, "From Villain
　　　to Visionary：Pound and Yeats on Villon," *Comparative Literature*（Autumn,
　　　1967）。また、シングがヴィヨンを翻訳していたのもイェイツに大きな
　　　影響を与えたと思われる。

52)　*CW4,* 194.

53)　*Ibid.*

54)　*CW4,* 245.

55)　*Ibid.*

56)　*Ibid.,* 202.

57)　Mann, 204-05.

58)　*CW3,* 213.『ヴェールの揺らぎ』は1922年までに書かれたものであ
　　　る。同書においてヴィヨンはダンテと共に「悪のヴィジョン」として、
　　　この世を闘争と見て苦しみの中で創作した詩人として扱われている。
　　　また、1919年に書かれたエッセイ「もし私が24歳であったなら」（"If
　　　I were Four and Twenty"）でも同様である（*CW5,* 42）。しかし『ヴィ
　　　ジョン』執筆過程でイェイツは、完全な「悪のヴィジョン」をダンテ
　　　など17相の詩人に絞っていくことになる（Mann, 204）。一方、ヴィヨ
　　　ンは自動筆記草稿で18相であった（Mann, 306）のが、『ヴィジョン』
　　　初版決定稿ではボードレールやビアズリーなど世紀末詩人の相である
　　　13相に割り当てられた（*CW13,* 166; *CW14,* 210）。世紀末詩人について、
　　　イェイツは『ヴェールの揺らぎ』で「メンバーの一部にとって、この
　　　simplicity は、彼らの波乱万丈の人生によって生み出されたのかもしれ

ない」（*CW3,* 234）としており、激動の人生から"simple"な作品を創り出したとしている。『ヴィジョン』初版完成稿において、ヴィヨンは世紀末詩人と同様に孤独と苦しみの中で創作をしたとしている（*CW13,* 166; *CW14,* 210）。たとえ後のイェイツがヴィヨンを「悪のヴィジョン」の詩人ではなかったと見做したとしても、彼が苦しみの中から"simple"な作品を創り出したと見做したことには変わりない。

◆第二部：イェイツと能楽◆

第 2 章　共に罪深き我らのために

——W. B. イェイツの『骨の夢』における

幽霊と若者を結ぶもの——

◆ 1.『骨の夢』とは

　1916年の復活祭後の月曜日に、近代アイルランド最大の事件の一つである復活祭蜂起が勃発する。蜂起軍はアイルランド共和国の樹立を宣言したが、ほどなく鎮圧され、イェイツの知人を含む首謀者は処刑されることとなる。この蜂起と処刑がアイルランドのナショナリズムに火をつけ、アイルランドは武力闘争としての独立運動の季節に入っていくことになる。

　復活祭蜂起が起きたとき、イェイツは能楽を下地にした演劇『鷹の泉』(*At the Hawk's Well*) の上演のためにロンドンにいた。日本人ダンサー伊藤道郎を「鷹の女」役に置いた『鷹の泉』は、西洋における能楽の受容の例として極めて重要な、エポックメイキングな作品である。イェイツはこの『鷹の泉』のためにアイルランドを離れていたので、蜂起の直接当事者になることなく、独特の距離感と立ち位置でその事件を眺めることになった。

　彼はその蜂起について思いを巡らし、「復活祭、1916年」("Easter, 1916") および「薔薇の木」("The Rose Tree") という詩を書いたが、その政治的影響を考慮し、一般的には出版しなかった。ただ、25部という少数部数の私家版（しかも出版責任者の名義はイェイツ本人ではなく友人のクレメント・ショーター）としての仲間内で回し読みをしたのみだった。一般的な発表は、英国当局の暴力が激しさを増した独立戦争時、1920年になってからである[1]。

— 35 —

第二部：イェイツと能楽

　蜂起の影響が色濃い時期に書かれた、蜂起に関するイェイツの作品は他にもある。それが『骨の夢』（*The Dreaming of the Bones*）である。これは『鷹の泉』のように能楽を下地にした演劇作品である。1917年から執筆が始められ、独立戦争が勃発した1919年１月付の『リトル・レビュー』（*Little Review*）誌に発表された。イェイツは、「ここ数年に書いた作品の中で最高の劇だと思う[2]」としながらも、「あまりに政治的に強すぎる[3]」としてイェイツは上演を控えており、初演は復活祭蜂起後15年経った1931年となった。

　これは、イェイツが理想とするダンサーを育てるのに時間がかかったという点もある。イェイツらは1928年、自らの劇団・劇場にバレエ学校を開設し、その校長および振付師にニネット・ド・ヴァロアを迎えた。そして1931年、ド・ヴァロアが『骨の夢』の振り付けを行い、その教え子でバレエ学校のスタッフであるネスタ・ブルッキングがダンサーを務めることとなったのである。

　しかし、1931年12月６日という初演の日付は、かなり挑戦的なものであった。これはアイルランド独立戦争後の講和条約「英愛条約」の調印10周年の記念日[4]なのである。英愛条約とは、アイルランド22州を英連邦内の自治領「アイルランド自由国」、北６州は英国領アイルランドとし、いくつかの港湾を英国海軍の支配下に置くものであった。1921年12月６日にこの条約は調印されたが、これを認められない共和国派と自由国派の間で内戦が勃発し、多くの血が流されることになった。共和主義者の立場から言えば、この『骨の夢』は「アイルランド南北分断という忌まわしき日から10周年の記念日」の上演となる。しかも、この初演がなされた時期はその共和国派のリーダーであったエイモン・デ・ヴァレラがフィアナ・フォイル（共和党）を率いて大規模な政治運動を行っていた時期[5]

― 36 ―

であった。実際、彼は数か月後の総選挙で政権を取ることとなる。

　しかも初演が行われたのはイェイツらが設立した劇場および劇団アベイ座である。アベイ座での演劇は頻繁に政治的な理由による論争の的になっていた。この5年前には復活祭蜂起を扱った演劇であるショーン・オケイシーの『鋤と星』（*The Plough and the Stars*）が、蜂起の未亡人たちや共和主義者たちを中心としたグループの抗議活動にさらされていた。イェイツはこの『骨の夢』の初演も大きな不安を抱えていた[6]が、抗議などは起きず、むしろ「熱狂的に受け入れられた[7]」のである。初演の観客の中には、英国王の代理たるアイルランド自由国総督のジェイムズ・マクニールもいた[8]。もちろん多数派はダブリンの市民であり、その中には共和国派も自由国派もいたわけだが、政治的に異なる立場の観客の間で論争などはなかった。この初演を見た観客ジョセフ・ホロウェイは日記に「完全な成功であった[9]」と記している。『アイリッシュ・タイムズ』によれば上演の最後には観客席から「作者に喝采が浴びせられた[10]」ほどの大成功であったという。

　この『骨の夢』のあらすじは以下である。復活祭蜂起に参加したものの逃げてきた若者が、アイルランド西部の山の中で謎の二人組と出会う。若者は逃げ道を教えてもらう名目で、その謎の二人組と山を登っていくが、対話するうちにその二人組が、12世紀にノルマン人をアイルランドに招き入れたディアミード[11]とダヴォーギラだと気づく。もし子孫であるアイルランド人の一人でも、彼ら二人を赦すと言ってくれれば二人の幽霊は苦しみから解放される（いわば成仏できる）という。若者は赦しを拒みながらも、赦すと言いかける。しかし、途端、朝日が差し込むとともに、山の上から荒れ果てたアイルランドの姿、いわば植民地支配の傷跡が見える。若者は

— 37 —

「ディアミードとダヴォーギラを決して赦さない」と叫び、夜が明けるとともに、二人の幽霊は消えていく、という話である。

　ディアミードとダヴォーギラは、アイルランドのトロイア戦争とも言うべき歴史的事件に関わっている。現在、正確な史実は少し異なっているとされる[12]が、語られるところではこうである。ディアミードはアイルランド東部にあった王国レンスターの王、ダヴォーギラは敵国ブレーフネの王妃である。ディアミードがダヴォーギラを略奪したことにより戦が勃発し、ディアミードは王国を失う。その失地回復を狙ってディアミードはノルマン系のイングランド王ヘンリー二世の助力を請うた。ヘンリー二世はかねてからアイルランドを狙っており、異教的な風習の残るアイルランドを改宗させるという名目で教皇ハドリアヌス４世の後ろ盾を得ていたほどだった。

　ヘンリー二世はウェールズにいたノルマン人リチャード・ド・クレア、通称ストロングボウをアイルランドに送り、その助力あってディアミードは国を取り戻した。ディアミードは娘イーファをストロングボウに嫁がせ、ディアミードの死後、ストロングボウはその国を継いだ。これだけでも大事件だが、この話には続きがある。ストロングボウの増長を恐れたヘンリー二世は自らがアイルランドに渡り、ストロングボウを屈服させた。そして息子ジョンに「アイルランド卿」という称号を名乗らせ、アイルランド東部を支配下に置いたのである。実際はノルマン系イングランド人はアイルランド全島を支配することもできず、またこの時の植民者は土着の風習を吸収しゲール化していったというが、この事件は以後続く、アイルランドの植民地支配の端緒でもある。このように、言い伝えられる話では、アイルランドの植民地支配はいわば、トロイア戦争のような略奪劇から始まったというのである。

◆ 2．『骨の夢』の幽霊はなぜ登場したのか

　しかしなぜ、『骨の夢』において、復活祭蜂起に参加した若者はディアミードとダヴォーギラの幽霊に出会ったのだろうか。復活祭蜂起の中心はダブリン、ディアミードはレンスター王、ダヴォーギラはマンスター王の娘だが、この劇の舞台はアイルランド西部、クレア州のコーコムロー修道院周辺である。このようなこともあり、ヘレン・ヴェンドラーはその名著『イェイツの「ヴィジョン」と後期の戯曲』（*Yeats's Vision and the Later Plays*）において若者と二人の恋人の霊の関係性が薄いと評した。

> 　『骨の夢』の最大の難点は、恋人たちと若者の間に必然的なつながりがないことだ。（中略）若者が同情という「甘い罠」と政治的な憎しみとの間で揺れ動く様子は、ディアミードとダヴォーギラという人物の犯した罪と十分に結びついていないため、内面的なこととして理解できる葛藤が、人工的な劇的状況に見えてしまう危険性があるのだ[13]。

ヴェンドラーはこのように述べたが、果たして本当に関係が薄いのだろうか。二人の恋人が若者の前に現れたのは必然性がないのだろうか。ヴェンドラーの提示したこの問題に対して、ナタリー・クローン・シュミットは舞台となる場所の重要性を強調することによって反論した。彼女は、論文「幽霊が立ち現れる場所」（"'Haunted by Places': Landscape in Three Plays by W. B. Yeats"）において、破壊された修道院跡は舞台として十分だと述べた。

> 　　劇中の風景を描写する多くの台詞によってもたらされる強い場

の感覚は、ヴェンドラーの批判に反論するものである。教会は
16世紀の宗教改革で破壊されたが、その廃墟とノルマン人を
招き入れた亡霊たちを結びつけるのは容易である。貪欲なノル
マン人は、祭壇を冒涜し、教会を略奪して破壊するなどの蛮行
を働いた。ディアミードとダヴォーギラは、ドナ・オブライエ
ンと同様に、この厳しい風景と廃墟と墓が呼び起こすアイルラ
ンドの暴力的な歴史の一部なのである[14]。

これは確かに、なぜ舞台がアイルランド東部ではなく西部である
という説明になる。しかし、舞台となった場所については説明がで
きても、なぜこの若者のもとに二人の幽霊が現れたのか、そこの説
明が十分でないように思われる。

　何が二人の幽霊を呼び出したのだろうか、そしてそのトリガーは
何だろうか。また、そのトリガーが意味し得るものは何なのだろう
か。本章では、1）二人の幽霊と若者の関係はどういうものであっ
たのか、2）何が二人の幽霊を呼び出すトリガーであったのか[15]、
3）そしてそのトリガーが意味し得るものは何なのだろうか、これ
ら3つの問題について論じていく。

◆ 3．第1草稿：疑似親子関係と抵抗歌

　『骨の夢』の第1草稿では、決定稿と設定が大きく異なってい
る。1917年に書かれた第1草稿では、舞台は1916年復活祭蜂起で
はなく、1798年ユナイテッド・アイリッシュメン蜂起後のアイル
ランド東部となっている（アイルランド東部は、レンスターに基盤
を持っていたディアミードとは関連が深いものでもある）。そして
若者も同蜂起の最大の戦いの一つであるヴィネガー・ヒルの戦いか

第 2 章　共に罪深き我らのために――W. B. イェイツの『骨の夢』における幽霊と若者を結ぶもの――

ら逃げてきた男となっており、「マクダーミット」（MacDermit ［sic］,
表記ゆれあり）という名前がある。

　クリストファー・モラシュは、1798 年の蜂起と「マクダーミッ
ト」または「マクダーモット」という名について次のことを指摘し
ている。1798 年の蜂起の指導者の一人を裏切って捕らえられ、公
開処刑されたヒュー・マクダーモットという人物がおり、民間伝承
の中で裏切り者の代名詞のひとつとされているというのである[16]。
そして、「マクダーモット」を糾弾する歌のひとつを紹介している。

　　If you plant the Tree of Liberty,

　　Plant it on the hill of Kilglass,

　　For fear that MacDermott the Traitor

　　Himself or his stagers would pass.[17]

　　もし「自由の木」を植えるなら、

　　キルグラスの丘に植えよ、

　　裏切り者マクダーモット自身か、

　　その手下が寄りつくことのないように。

このように民謡の中で批判されるヒュー・マクダーモットと、この
第 1 草稿の「マクダーミット」が同一人物であるかは定かではない
が、戦場から逃げてきたこの男は、仲間をどうしているのだろう
か。この問題は、第 2 稿以降や完成稿にも引き継がれる問題とな
る。

　この第 1 草稿では、若者と幽霊の間に疑似的な親子関係がある。
マクダーミットという名前は「ディアミードの息子」を示唆する

― 41 ―

が、このことは実際の台詞でも強調されている。マクダーミット自身は自らを「ディアミードの民」とも呼び、「ディアミードの民の誰も／彼らを決して赦しはしない［None of the race of Darmuid / will ever forgive them］[17]」と叫び、「ディアミードの民」を強調しながらディアミードらへの赦しを拒否するのだが、これは痛切な皮肉でもある。しかも、後の部分では筆が乱れたのか、「いや、いや、いや、／ディアミードの民の誰も／私たちを決して赦しはしない［no – no no / ［?Should］ any one Darmuid s race will / Ever forgive us ［sic］. . .][19]」（下線は引用者）としてしまっており、自分たちに対する糾弾となってしまっている。これはイェイツの心理の一部を反映している書き間違いだろう。

　このように、この第1草稿では、若者がディアミードの子孫であることを示唆しているが、二人をそのように血族・親子関係として読み解く読みは新しいものではない。この戯曲の草稿の出版前から、ジョセフ・チャドウィックは二人の関係をジークムント・フロイトのファミリー・ロマンスの理論を用いて読み解いていた。チャドウィックはディアミードと若者を父親と息子とみなし、次のように論じている。

　　　親の性行為を目撃した子供は（フロイトの言葉を借りれば）「愛の行為を暴力の行為」と解釈し、その行為によって自分がうまれたことを認めようとしないという「プライマリー・シーン」のパターンを、この劇のファミリー・ロマンスは踏襲していることを示している[20]。

この草稿に見られる、ディアミードと若者の疑似親子としての対立

第 2 章　共に罪深き我らのために——W. B. イェイツの『骨の夢』における幽霊と若者を結ぶもの——

関係の強調は、このチャドウィックの読みを裏付けるものである。また、ディアミードとダヴォーギラの行いをプライマリー・シーンとして、性愛に伴う民族の始まりとして読み解くチャドウィックの読みは、アイルランドの人々が、いわゆる「純粋なケルト」のようなものではなく、招き入れられたノルマン人とも混交した民族であることも示唆している。これはまた、アイルランドのナショナリズムを相対化する効果もある。

　さて、そのように疑似親子関係が示されている若者マクダーミットとディアミードだが、ディアミードとダヴォーギラの幽霊が呼び出された具体的なトリガーは何だろうか。実は、若者マクダーミットが歌う抵抗歌（リベル・ソング）がトリガーとなっているのである。

　　［NLI 8775 (1), 3r］

　　15 Listen he is singing to himself.

　　　　　Man.
　　16 The French are on the sea etc
　　　‥‥
　　1 Look – two others are coming hither[21]

この若者が歌う "The French are on the sea" というのは「シャン・ヴァン・ヴォッホ」（"The Shan Van Vocht"）という抵抗歌の一節である。この抵抗歌はイェイツが編集した『アイルランド詞華集』（*The Book of Irish Verse*）（1895）にも収められているものでもあり、

— 43 —

第二部：イェイツと能楽

アイルランドを擬人化した女神、キャスリーン・ニ・フーリハンを
うたう歌であった。キャスリーン・ニ・フーリハンはアイルランド
が栄える時は若く美しい姿となり、衰えるときは醜い老婆となる。
その老婆を若返らせるためには、彼女のために戦って死んだ者の血
が必要である。この女神は、「シャン・ヴァン・ヴォッホ」（みすぼ
らしい老婆の意）や「キャスリーン・ニ・フーリハン」（フーリハ
ンの娘キャスリーン）などの多くの名で呼ばれた。18世紀に流行
したアシュリングという形式の詩の流れを汲むこの歌には、次のよ
うな歌詞が見られる。

O! the French are on the sea,

says the *shan van vocht*;

The French are on the sea,

says the *shan van vocht*;

O! The French are in the Bay,

they'll be here without delay,

And the Orange will decay

says the *shan van vocht*;[22]

おお、海にフランス兵が来ておる
　　シャン・ヴァン・ヴォッホ
　　みすぼらしい老婆はそう言った。
海にフランス兵が来ておる
　　シャン・ヴァン・ヴォッホ
　　みすぼらしい老婆はそう言った。
おお、フランス兵が「湾」に入ってきた
　　もうじきここに来てくれる。
オレンジの滅びは近い

— 44 —

みすぼらしい老婆はそう言った。

キャスリーン・ニ・フーリハンを歌う抵抗歌は少なくないが、その中でもこれは反プロテスタント色を色濃く表している。元来ユナイテッド・アイリッシュメンが率いた1798年蜂起はカトリックとプロテスタント（特に長老派の一部）が参加した超教派の運動および武装蜂起であったはずである。しかしここでは、「オレンジの滅びは近い［the Orange will decay］」とあるように、英国の支配というよりむしろ「オレンジ」という色が象徴するもの、すなわちプロテスタントこそが滅びるべき敵だと扱われている。この歌が、ディアミードとダヴォーギラの亡霊を呼び出すトリガーとなっているのである。

　そのような、セクタリアニズムとナショナリズムが結びついた歌を歌うことによって呼び出されたのは、アイルランドの女神たるキャスリーン・ニ・フーリハンではなく、亡国の徒とされる二人の幽霊であった。ここには痛烈な皮肉としての劇的効果が見て取れるが、しかし、なぜこの歌が12世紀の幽霊を呼び出したのだろうか。

　この歌はアイルランドの女神を歌う抵抗歌であるが、外国からの援軍を喜んで求めている歌でもあるという点が重要であると考えられる。1798年蜂起の際、ユナイテッド・アイリッシュメン率いる反乱軍は、この詩にあるようにフランス軍の援軍を得て戦った。ここで想起すべきことは、ディアミードとダヴォーギラもまた、自らの目的のためにフランスのノルマンディーに赴き、ヘンリー二世（アンリ二世[23]）に援助を求めたことである。ヘンリー二世はイングランド王でもあったが、彼はイングランドとフランスにまたがるいわゆる「プランタジネット帝国」（アンジュー帝国）の君主で

ある。彼の拠点はフランスであり、英語ではなくフランス語（ノルマン・フレンチ）を話す人物だったこともまた忘れてはならない。そしてヘンリーの勅許状をもとにアイルランドに上陸したノルマン人の「騎士は全員フランス語を話し、そのほとんどがウェールズ出身だった[24]」のである。このような重ね合わせは、ユナイテッド・アイリッシュメン蜂起およびアイルランドのナショナリズムの神話を相対化し揺さぶる効果がある。

◆ 4．第 2 草稿以降：若者の人物造形とペトロの裏切り

　さて、後の稿において、『骨の夢』における若者はどのように描かれているのだろうか。第 2 草稿からイェイツはこの戯曲の舞台設定を大きく変え、決定稿に近いものとなる。すなわち、時代設定は 1789 年蜂起から 1916 年復活祭蜂起となり、場所もアイルランド東部から西部のコーコムロー修道院周辺となる。第 1 草稿において疑似親子としての対立関係を強調していた若者マクダーモットも名前を失い、ただの「若者」となる。この変更の理由の一つは、舞台設定を復活祭蜂起直後としたためだろう。IRB 軍事評議会メンバーとしてアイルランド共和国宣言にサインし、蜂起軍の司令部が置かれた中央郵便局（GPO）で戦い、処刑されたショーン・マクダーモット（Sean MacDermott）にその名が重なってしまうため、この名前を使うことは難しかったと思われる。しかし、個人名をなくしたことにより、この若者を普遍的な存在としての民族主義者として描くことを可能にしている。1931 年の初回公演を見たオリバー・セイント＝ジョン・ゴガティーは、この若者について「GPO を占拠した者たちを代表させるには平凡すぎる[25]」と評しているが、それは逆に普遍性の獲得という面で成功している証拠だと言えるだろう。

第2章　共に罪深き我らのために──W. B. イェイツの『骨の夢』における幽霊と若者を結ぶもの──

　さて、この劇において、若者がどのように人物造形されているか
を少し見ていこう。まず彼は、反逆者に厳しい人間である。

YOUNG MAN. I took him for a man and horse. Police

Are out upon the roads. In the late Rising

I think there was no man of us but hated

To fire at soldiers who but did their duty

And were not of our race, but when a man

Is born in Ireland and of Irish stock,

When he takes part against us—[26]

若者：そいつが馬に乗った男に見えたんだ。警察が

あちこちの路地を探しているからな。この前の蜂起じゃ

俺たちは皆、ただ任務をこなしているだけの

違った民族の兵士を撃ってやろうと思うほど

憎しみに満ちてはいなかった、だが、

アイルランド人としてアイルランドに生まれたくせに

俺たちに背く奴は──

この若者は、義務を果たしているだけのイギリス人に対してより
も、同胞の裏切りに対して強い憎しみを抱く人間である。この箇所
は、ある意味でイェイツが、復活祭蜂起がイギリス軍に対しての対
外戦争ではなく内乱としての側面を持っていたことに気づいていた
ことを示す箇所でもある。また、義務を果たしているだけの外国の
兵士を憎まないというのは、反乱軍のリーダーの一人ジェイムズ・
コノリーが自分を銃殺する英国兵について言った言葉、「この世に

— 47 —

おいて自分の義務を果たしているだけの全ての善き者のために私は祈る［I will say a prayer for every good man in the world who is doing his duty］[27]」を思わせる。この言葉は復活祭蜂起におけるコノリーの高潔さについて論じられる際によく引用されるものであり、イェイツもおそらく知っていたはずの言葉である。

　一方で、この若者は自分たちに従わない同胞への敵意をあらわにしているが、彼が敵となったアイルランド人の警官あるいは兵士を殺したかどうかをイェイツは曖昧にしている。観客席に蜂起関係者も多くいることが想定できるため、この問題のセンシティブさに気づいていたイェイツが配慮したのだろう。

　また若者は、ドナ・オブライエンの反乱を批判する。スコットランド独立戦争の後、アイルランドにおけるイングランドの影響力を削ぐため、スコットランド王ロバート一世の弟エドワード・ブルースがアイルランドに侵攻した。ドナ・オブライエンの反乱は、このスコットランド侵攻と呼応したものである。オブライエンはスコットランド軍を援軍として招き入れ、自分の主君の領地を奪い取ろうとした。しかし彼は戦いに敗れ、1317年に、この劇の舞台であるコーコムロー修道院の傍[28]で亡くなったという[29]。

　　YOUNG MAN. And why should he rebel?

　　The King of Thomond was his rightful master.

　　It was men like Donough who made Ireland weak—

　　My curse on all that troop, and when I die

　　I'll leave my body, if I have any choice,

　　Far from his ivy-tod and his owl.[30]

若者：それにしても、ドナが反乱を起こすような理由がどこに
あったって言うんだ。
ソーモンドの王は立派な君主だったじゃないか。
ドナのような奴がアイルランドを弱くしてしまったんだ——
俺は奴の部隊すべてが憎い。たとえ俺が死んでも
もし選ぶ余地があるなら、蔦や梟が蠢く奴の墓から
遠く離れた場所に俺の死体を置いてほしい。

　若者は、ドナ・オブライエンは反乱を起こすべきだったのか（"why
should he rebel?"）と問う。しかし、これはrebelである彼自身にも
通じる疑問でもある。ソーモンドの王は正しい君主だった（"The
King of Thomond was his rightful master"）がゆえ、反乱は正しくな
かったという考えを若者はここで表明しており、それは反逆者への
呪詛にまで至っている。しかし、若者自身を含む義勇兵たちは、復
活祭蜂起を起こす正当性が十分あったのだろうか。イェイツは詩
「復活祭、1916年」で「あれは結局無駄死にだったのか/イングラ
ンドがかつて何と言い、何をしでかしたにせよ/約束は守ったかも
しれないのだから［Was it needless death after all? / For England may
keep faith / For all that is done and said］」（65-67行目）と書いているよ
うに復活祭蜂起の正当性を完全に認めてはいなかった。この劇のこ
の箇所は、復活祭蜂起の正当性に対するイェイツ自身のそのような
懐疑を反映していると思われる。
　スコット人を招いたオブライエンへの呪詛は、ノルマン人を招い
てアイルランドの植民地化のきっかけを作ったディアミードとダ
ヴォーギラへの呪詛への伏線なのだが、それだけではない。外国の
軍隊の力を借りて反乱を起こすことをすべて批判するというのな

ら、フランス軍と呼応した1798年の蜂起も問題となる。そもそも、この若者が参加したという復活祭蜂起も、元々の計画ではドイツ軍の協力を得る予定であったのだ（しかも、ドイツのヨアヒム王子（皇帝ヴィルヘルム二世の六男）にアイルランド王になってもらおうとしていたほどであった）。この箇所はそのような痛烈な皮肉も隠されているのである。

　そして、そんな裏切り者に厳しい彼は、復活祭蜂起の際にGPOにおり、そこから逃げてきたと言う。

　　YOUNG MAN. I was in the Post Office, and if taken
　　I shall be put against a wall and shot.[31]

　　若者：俺はあの郵便局にいたんだ。もし捕まってしまっていたら
　　俺は壁を背中にして銃殺されていただろう。

「壁を背中にして銃殺」という表現は、蜂起の首謀者の最期を彷彿させるようである（ある意味「蜂起のその後」を知っている者のような表現ではあるが）。しかし、逆に言えば、彼が戦場に残してきたはずの戦友はそうなっているかもしれないのだ。

　ジョン・リーズ・ムーアはこれについて次のように述べている。

　　この劇の主人公である若者は、実のところ、否定的に特徴づけ
　　られている。彼は、ダブリンの郵便局にいて、命からがら逃げ
　　てきたので、自動的にヒーローになっているのだが、つい最近
　　目の当たりにした刺激的な出来事［注：復活祭蜂起］での自分
　　の役割については何も語らず、他の多くの逃亡者とは一線を画

— 50 —

すような言動もしていない[32]。

裏切り者は許さないとしながらも逃げてきたということは、ユダの裏切りのような裏切りではないにしても、イエスの磔刑の際に逃げ、イエスを否認した使徒ペトロの裏切りに近いものがあるのではないか。ペトロの裏切りというのは、生き残った者のいわゆるサバイバーズ・ギルトという側面がある。もちろん、復活祭蜂起で逃亡した者は少なくない。特にGPOが4月28日に焼夷弾（incendiary shell）による攻撃を受けた際には「ジ・オライリー」ことマイケル・ジョセフ・オライリーらによる脱出戦が繰り広げられたほど[33]であり、生きて次につなげるためには必要なことでもあったのは事実である。しかし、この劇においてこの若者は裏切り者に厳しい姿勢を示しながらも、他の仲間に対する感情をまったく表さないのである。

　コリーン・ハンラハンはこの若者について、やはり使徒ペトロを想起させると書いている[34]。使徒ペトロはイエスから「鶏が鳴く前に、あなたは三度わたしを知らないと言うだろう」（マタイによる福音書26章34節）と預言され、自分はそんなことはしないと言明したものの、実際の磔刑の際にはイエスを見捨てて逃げ、そのようにイエスを否認した（同26章75節）。この劇においてディアミードとダヴォーギラへの赦しを三度拒否する若者の姿は、このペトロの姿と重なり合う。宗教画におけるペトロのアトリビュートの一つは鶏である。

Red bird of March, begin to crow!
Up with the neck and clap the wing,

Red cock, and crow![35]

あの三月の雄鶏よ、鳴き始めよ！
頭をもたげ羽を打ち鳴らし、
赤い鶏よ、さあ鳴くがいい！

楽師の歌は「三月の雄鶏」（"Red bird of March"など）に繰り返し言及する（105, 107, 116, 118, 127, 308, 310行目）。しかし、1916年復活祭蜂起が勃発したのは4月24日であり、これを風景の写実とすると矛盾する。F. A. C. ウィルソンは「3月」を戦の神マルス＝戦争の象徴として解釈している[36]が、ここでは、伝統的に最初の復活祭は三月（受胎告知の日と同じ3月25日）であったとされている伝承に従い、ペトロの裏切りの鶏に言及していると解釈するほうが自然である。

使徒ペトロは三度イエスを否認した後「激しく泣いた」（ルカによる福音書22章62節）。しかしここでの若者は、ディアミードとダヴォーギラへの赦しを三度否定したまま、考えを変えることはあったのだろうか。この劇における若者の最後の言葉は、「もう少しで屈してすべて赦してしまうところだった/なんと恐ろしい誘惑と場所なのだ！［I had almost yielded and forgiven it all— / Terrible the temptation and the place!][37]」というものである。この若者は考えを変えることはなかったのだと思われる。

先に触れたように、「三月の雄鶏」はこの劇で繰り返し登場する。ペトロの雄鶏を思わせるように単数形で扱われるが、この劇を締めくくる楽師の歌のみ、それは複数形となるのである。

But now the night is gone.

I have heard from far below

The strong March birds a-crow,

Stretch neck and clap the wing.

Red cocks, and crow.[38]

しかし、もう夜明けだ。

あの三月の雄鶏たちの鋭い声が

丘の下から遠く聞こえる。

頭をもたげ羽を打ち鳴らし、

赤い鶏たちよ、さあ鳴くがいい！

この複数形としての雄鶏への呼びかけは、アイルランドの聴衆への呼びかけかもしれない。なんらかの形で、皆は裏切り者として生きているはずだからである。

◆ 5．若者の祈りと煉獄の死者たち

　それでは第 2 草稿において、この若者が二人の幽霊を呼び出すトリガーとなったものは何だろうか。同草稿において、彼らの出会いは次のようになっている。

　［Harvard（A）3r］

　1 Even hot noon is lonely. I hear a foot fal［sic］

　2 A young man with a lanthorn comes this way

　3 He seems an Arran［sic］fisher for he wears

　4 The flannel bawneen & the cow hide shoe

第二部：イェイツと能楽

5 He stumbles wearily & preys [sic] while he stumbles.

A young man enters preying [sic] in

Irish or in Latin

....

A young man & girl in clothes of a

past time & wearing masks come in[39]

若者は第1草稿のような明確な兵士ではなく、アラン諸島の漁師の恰好をした若者となっている。そして革命歌の代わりに置かれているのが、アイルランド語あるいはラテン語の祈りとなっている。第3草稿ではほぼ決定稿に近いものとなっており、若者の祈りの言葉はアイルランド語の祈りと限定されている。

30 He stumbles wearily, and stumbling prays

from R

(A YOUNG MAN ENTERS^, praying in Irish[40])

第3草稿で祈りの様子が "He stumbles wearily, and stumbling prays" と改変されているが、このように細かな手を加えたということは、ここはイェイツが注意を払った箇所（少なくとも無関心ではない）ということが伺える。

　アレクサンドラ・ポーリンは、非日常的空間を舞台上に呼び出す演劇的効果として、ダヴォーギラが若者のランプを吹き消す場面に注目している[41]が、その場面ではすでに二人の幽霊が舞台上に登場しているのである。二人の幽霊を呼び出すトリガーとなっているのはむしろ、若者の祈りである。イーファ・アサンプタ・ハートは、

— 54 —

第 2 章　共に罪深き我らのために——W. B. イェイツの『骨の夢』における幽霊と若者を結ぶもの——

この箇所の祈りが何の祈りなのかわからないことに意味を見出し、次のように論じている。

　　ここにはネイションの過去に対するアンビバレンスがある。「アイルランド語で祈る」。しかし、どのような祈り、どのような言葉なのか？不明である。アイルランドの過激派は、劇中ほとんど英語で話しており、霊たちと、おそらく彼らが知っていたであろう言葉［注：すなわちアイルランド語］で会話することもない。活喩法のこの時において、姿を変えた祖先たちは植民地化した側の言葉で話すようになっている。アイルランド語でのわずかな祈りは、不特定の言葉で、死者の前で話される死にゆく言語を演じる。それは、祈りと暴力のヘテログロッシアであり、現代的なアクセントで語られる死にゆく言語が、同じ言葉を祖先として語った元々の話者を目覚めさせるという、なかなか語ることのできない中心的なテーマである。果たして彼らはお互いを理解することができるのだろうか？[42]

このように、祈りの内容ではなく、アイルランド語という言語がその話者であった二人の幽霊を呼び覚ましたとハートは解釈している。確かに、草稿のようにこの若者がラテン語で祈った場合、アイルランドの伝統と文化に思い入れを持つ若者というよりもカトリック色が強く出てしまい、この若者はより狭量なナショナリストとして表象されてしまったかもしれない。最終稿でアイルランド語の祈りとしたことにより、若者と12世紀の幽霊は言語を共有することになった。この意味は大きいだろう。

　しかし、ここで疑問が残る。言語だけが重要ならば、イェイツは

— 55 —

第二部：イェイツと能楽

草稿とはいえ "or Latin" とはしないのではないか。そのように考えれば、言語だけでなく、祈ることが重要だったのではないかと思われる。またこのことは、イェイツが第 1 草稿にあった、抵抗歌「シャン・ヴァン・ヴォッホ」をトリガーとする劇的効果と皮肉を捨てて、祈りに変えた理由にもつながってくるだろう。

　この劇が下地にしている世阿弥の『錦木』は複式夢幻能である。この世では結ばれずに亡くなった恋人たちの亡霊が前シテおよび前ツレとして旅の僧の前に現れて、昔話をする。その後、旅の僧が墓前で祈りを捧げた際に恋人たちの幽霊が後シテおよび後ツレとしてその正体を明かす。そして僧の祈りによって恋人たちの霊は成仏し、喜びの舞を舞うのである。『骨の夢』の場合、この複式夢幻能の形式における祈りが、いわゆる前シテおよび前ツレ（すなわち正体を明かす前のディアミードとダヴォーギラ）との最初の出会いの場面にスライドしていると言えよう。『骨の夢』では能楽とは違い、幽霊の正体に「気づく」ことを山場の一つにする必要があることも、この違いが生まれた理由の一つだろう。

　さて、ワキとしての若者が二人の幽霊を招いたとするならば、どんな祈りを若者は祈ったのだろうか。イェイツは祈りの文言について指示を残していないが、特定できないとするなら、妥当だと言えるものは何があるだろうか。アイルランド語で祈る、というト書きだけならば、土着の祈りの可能性も高いと言える。しかし、草稿に "or Latin" とイェイツが残したように、ラテン語もあるものであると彼が想定したのなら、キリスト教の成文祈祷、それも聖職者以外の平信徒が暗唱できるものである可能性が高い。アイルランドに古くから伝わる「聖パトリックの胸板の祈り」などの守護の祈り (lorca) もあるが、イェイツも読んだ[43]『アイリッシュ・マンス

リー』（*The Irish Monthly*）の記事「陶酔のクルディ」（"The Rapt Culdee"）によると、これは歌い上げられるものであり[44]、この劇の文脈にそぐわない。そこで大きな候補となるのが、「主の祈り」と「天使祝詞」である。この二つを用いる演出について考察してみよう。

　まず、「主の祈り」について検討しよう。「主の祈り」は教派を問わず祈るキリスト教の基本的な祈りであり、他の成文祈祷を唱えていたとしても、間に挟む可能性の高い祈りである。当時影響力のあったアイルランド語の祈祷書にはゲール語連合（ゲール語同盟の前身）の『聖パトリックの祈祷書』（*St. Patrick's Prayer Book*）（1883）などがあり、それらにももちろん「主の祈り」は収録されている。この祈りには「我らに罪を犯すものをわれらが赦すごとく、我らの罪をも赦したまえ」という箇所があるが、まさにこれができていないのが、この若者である。演出として主の祈りを用いる場合、若者の赦せない心が二人の幽霊が招いたのではないか、しかし、それゆえに、二人の幽霊が救われることもなかったのではないか、といった演出上の効果も生まれる。

　あと一つの可能性はロザリオの祈りこと「天使祝詞」（アヴェ・マリア）である。これはカトリックのみの祈祷文であり、主にロザリオで祈るものである。平信徒が暗唱できる成文祈祷としてラテン語の祈りも想定したというのなら、カトリックの祈りとなる可能性が高い。また、後に詳しく見ていくように、実際の義勇兵の間で熱心に用いられたのがこの祈りであった。

　「天使祝詞」を用いる演出の正当性を裏付ける資料が二つある。一つは1965年にバリー・カシンとノエル・マクマホンのディレクションで作成され、Argosからレコードとして発表された朗読劇版

第二部：イェイツと能楽

『骨の夢』である。この劇ではRTEの俳優エーモン・キーンが若者を演じているが、彼はこの箇所で、アイルランド語の「天使祝詞」を唱えている[45]のである。この演出がアベイ座での初演の演出をそのまま引き継いでいるのか定かではないが、少なくとも、「天使祝詞」はこの若者がこの場面で唱えて演者・聴衆ともに違和感のない祈りであったと言えるだろう。もう一つは1986年に関根勝の演出により、ユニバーシティ・コレッジ・ダブリンで上演された『骨の夢』である。能楽を強く意識したこの演出において、関根勝は若者を旅の僧と同列に見做し、若者が持つ道具はロザリオであるとしている[46]。

　ここで、アイルランド独立運動の義勇兵の間における祈りについて確認しておこう。かつてIRBおよびフェニアンへの参加はカトリックにおいて破門対象であった[47]。ダブリン大司教ポール・カレンは、毎年の四旬節司牧書簡にフェニアニズムを非難する言葉を入れていたという[48]。そのため、前の世代のフェニアンおよびIRBのリーダーであったジョン・オリアリーは、教会とフェニアンの両方は選べないと、弟子のイェイツに語っていた[49]。

　しかし時代が変わり、次第にカトリックと民族主義が結びつくようになっていく。オリアリーの12歳年下のジョン・デヴォイは、「すべてのフェニアンは誓いのために祈祷書［prayer-book］を持ち歩いていた[50]」と証言している。このことは、フェニアンおよびIRBだけではなく、義勇兵も同様だったようである。復活祭蜂起に参加したパトリック・コイの証言だと、義勇兵の誓いのために祈祷書を所持していたことについて刑務所内で告発されたという[51]。カトリック教会が明確に独立運動の側に立つのは復活祭蜂起の鎮圧と処刑のさらに後、徴兵反対運動においてである。1918年4月にア

— 58 —

イルランドのカトリック司教団は徴兵反対の決議を行い、それが復活祭蜂起に次いで「アイルランドの民衆をシン・フェインに転向させた2番目に重要な要因[52]」となった。しかし、それより以前から義勇兵の間には信仰心を目に見える形で示すものが多かったということである。

　復活祭蜂起の際に義勇軍としてGPOで戦い、政治家としても活躍したブライアン・オヒギンズは「戦闘中、GPOの屋上に陣取り、戦友と一緒に昼夜を問わず30分ごとにロザリオを唱えていたと語っている。確かに、この蜂起の記録は、志願兵の圧倒的多数が宗教心を持っていたことを物語っている[53]」。GPO内に告解室が設けられていたことは有名だが、「義勇兵たちは銃だけでなくロザリオ、聖像、そして聖水で武装していた。告解は聞かれ、罪の条件付き赦免は認可され、そしてロザリオの祈りは絶えまなく唱えられていた[54]」のである。もちろん義勇兵全員がそのような信仰心を持っていたわけではなく、マイケル・コリンズは戦闘よりも祈りを優先する者たちに怒りを露わにしていたことが記録されている[55]。逆に言えばコリンズを苛立たせるほど、そのような風潮があったということである。

　義勇兵にはカトリック信徒が多かったため、彼らの証言にはロザリオが多く登場する。『骨の夢』の若者のように、アラン諸島出身でGPOで戦った実在の義勇兵にブライアン・ジョイスがいる。彼は聖エンダ校でパトリック・ピアースのもとで学んだ一人だが、彼もGPOでの戦闘中にロザリオで祈っていたことが、アイルランド戦史編纂局（Bureau of Military History、略称BMH）のアーカイブに収録された同部隊の義勇兵の証言からうかがえる。

第二部：イェイツと能楽

すでに述べたように、ブライアン・ジョイスとイーガン・オブ
ライアンは、同じ旗のもと、同じ部隊で戦った戦友です。毎晩
ロザリオを唱え、日中もたびたびロザリオを唱えました。指に
ロザリオの数珠をぶら下げたまま、しっかりとライフルを握っ
た義勇兵を見かけるのは、珍しいことではありませんでした。
イーガン・オブライアンは、私たちの持ち場でロザリオを「配
給」してくれました[56]。

　また、復活祭蜂起の西部戦線の証言では、義勇兵たちがクレア州
へ向かう夜間の山道の行軍の最中に、アイルランド語でロザリオを
祈ったことが記録されている。「翌朝 3 時頃出発し、クレア方面へ
南下した。（中略）5 時ちょうどに配給のパンを食べ、5 時頃にア
イルランド語でロザリオの祈りを唱え、非常に険しい山を越えて出
発した。灯りが壊れてしまい、夜はとても暗かった[57]」。この証言
はまるで『骨の夢』の一場面のような響きであるが、蜂起中の夜道
の安全を祈るためにもアイルランドでロザリオの祈りが唱えられた
ことがわかる。

　聖母マリアからの助けを「今も、死を迎える時にも、罪深き私た
ちのために」祈り求める「天使祝詞」を祈るロザリオの祈りは、カ
トリック性を強調するだけでなく、死がそばにある義勇兵にとって
救いだったのかもしれない。ある証言は、「ロザリオの祈りを共に
唱えてくれ」というのが、死に際したある義勇兵の最期の言葉だっ
たという[58]。

　また、彼らの証言を見ていくと、ロザリオの祈りの別の側面も見
えてくる。それは煉獄の死者たちへの祈りである。死者のために捧
げるロザリオの祈りは、煉獄の死者たちの償いを軽くする（贖宥）

— 60 —

第2章　共に罪深き我らのために——W. B. イェイツの『骨の夢』における幽霊と若者を結ぶもの——

とされる。死んだ戦友に捧げる祈りだけでなく、刑務所内の抵抗運動としてもロザリオの祈りが広まっていったが、それは処刑された者への祈りでもあった[59]。

　ロザリオの祈りが煉獄にある魂への祈りという側面も持つとすると、『骨の夢』の若者の、僧侶たるワキとしての役割がより明確になる。ディアミードとダヴォーギラが煉獄にある魂であるとするのなら、義勇兵として祈っていた祈りが、二人の幽霊を導き出したとしても不思議ではない。そう考えると、義勇兵たちの多くが実際に昼夜となく唱えたというロザリオの祈りは、この若者がここで唱えるのにふさわしいと思われる。

　プロテスタント（聖公会）の家庭に生まれたイェイツはカトリックへの偏見を生涯持ち続け、アイルランド自由国成立以後はその想いをさらに強くした。確かにイェイツは聖母マリアを信じなかっただろう。しかし煉獄については否定しきれない想いがあったようである。イェイツと死後の世界について語り合ったドロシー・ウェルズリーは、次のように記している。

　　かつて私は、こうしたテーマ［注：死後の霊魂］についてイェイツに根掘り葉掘り尋ね、何時間も語り合ったことがある。彼は死後の世界について、やや熱っぽく語っていた。（中略）「また煉獄の期間です。その期間の長さは、この世にいたときの人間の罪の重さによって決まるのです」。そしてまた、私は「そのあとは？」と尋ねた。彼の実際の言葉は覚えていないが、彼は魂が神のもとに戻ると語った。私は、「あなたは、私たちをローマ・カトリック教会の大きな御腕の中に戻そうと駆り立てているように思えます」と言った。彼はもちろんアイルランド

— 61 —

のプロテスタントである。私は思い切って彼に尋ねたが、彼の返事はただ見事な笑いだけだった[60]。

イェイツは、死後自らの呵責に苛まれる霊に興味を持ち続け、その状態を煉獄と呼んだ。彼の劇『窓ガラスに書かれた文字』(*The Words upon the Window-Pane*) の登場人物のトレンチ博士は「もし私がカトリックなら、こういった霊たちは煉獄にいるとでも言うのでしょうね [If I were a Catholic I would say that such spirits were in Purgatory][61]」と語る。もしそうだとするのなら、ディアミードとダヴォーギラもそう言えるであろう。

ローレン・アーリントンは、『錦木』と『骨の夢』とを比較し、後者における救済の欠如について論じている。「イェイツは『骨の夢』において、二人の幽霊たちからこの幸福［注：『錦木』における、祈りによって死後夫婦となる幸せ］を奪い、代わりに彼らが受けなければならない懺悔を強調し、地上の煉獄に落としているのである[62]」。確かに『骨の夢』において、二人の幽霊は救済から遠いように思われる。もしこの劇において二人の幽霊が救われる可能性があるとすれば、旅僧の超自然的な祈りの力ではなく、子孫が赦すことによって、自らの犯した罪の自責の念に縛られている二人の妄執を解くことなのだが、その赦しはなされることがない。しかしそうだとしても、二人の幽霊に、その想いを表現する語りと踊りの機会を与えたのは、若者と二人の出会いである。

日本の能楽は、鎮魂という意味合いもある。非業の死者たちを舞台に上げ、その想いに憑依して語らせることによる鎮魂である。フェノロサ＝パウンド訳にも少なからず含まれる『平家物語』ものなども、この側面が強い。そう考えると、最終的な救いは与えられ

ないとしても、ディアミードとダヴォーギラという、民族の裏切り者とされた者たちの幽霊を舞台に上げ、完全な悪役とせずにその想いを語らせるというのは、一つの鎮魂の儀式ともなり得るのである。

　この章の始めの方でも述べたが、復活祭蜂起を舞台上に乗せることは難しいものだった。しかも、この劇は復活祭蜂起だけでなく、民族の裏切り者とされている人物と事件をも合わせて扱っている。相次ぐ劇場での暴動に疲れ、「大衆」に幻滅していたイェイツは1916年、『鷹の泉』を貴族の屋敷で限られた観客の前でのみ上演した。しかし1931年、彼は『骨の夢』をアベイ座で、大勢の「大衆」の前で一般上演したのである。「大衆」だけでなく英国王の代理たる総督なども客席にいる中、また復活祭蜂起や独立戦争、そして内戦の死者たちを家族の中に持つものがまだ多い時代、しかも、それをアイルランド南北分断の10周年記念日に初演することができたのは、鎮魂の演劇でもある能楽を下地とした舞踏劇であり、なおかつ表面的な政治性を覆い隠すエキゾチックさを持つ劇だからこそ可能だったと考えられる。

◆ 6．まとめ

　『骨の夢』において若者と二人の幽霊との関係性が薄い、とヴェンドラーは述べ、シュミットは場の重要性を以ってそれに応答した。しかし、第1草稿から若者と二人の幽霊は疑似親子関係として描かれるなと、強い関係を持った人物として描かれていた。第1草稿では幽霊を招くトリガーとして抵抗歌「シャン・ヴァン・ヴォッホ」が用いられているが、これはフランスからの援軍を扱う歌である。この愛国的な歌をノルマン人の援軍を招いたディアミードとダ

ヴォーギラと重ね合わせることは、アイルランドのナショナリズム
を相対化する皮肉な効果を持つ。

　第2稿以降で若者は復活祭蜂起の名もなき義勇兵となるが、彼は
裏切り者が許せないと言いながらも、戦いから逃げてきた点で裏切
り者と見なされるかもしれない人物である。同胞を裏切った者とい
う点で、彼と二人の幽霊は共通点があった。その若者の祈りが二人
の幽霊を呼び出したのであるが、ナショナリストの義勇兵として
祈った祈りはキリスト教の成文祈祷、おそらく「主の祈り」か「天
使祝詞」が考えられるが、どちらも自らの罪の認識を土台としたも
のである。この二つのうち、実際の義勇兵の状況や証言、朗読劇版
での演出などを考慮すると、「天使祝詞」のほうが妥当性が高いと
考えられるが、それは煉獄の魂への鎮魂にも通じる祈りでもあっ
た。そして能楽の形式をまねることにより、イェイツはディアミー
ドとダヴォーギラという民族の裏切り者とされた者たちの幽霊を舞
台に上げることに成功した。そして死者に舞台上でその想いを語ら
せ演じさせるということは、一つの鎮魂の儀式ともなり得るもので
もあったのである。

注

1）　にも関わらず、図書館に収められた私家版の「復活祭、1916年」は
　　閲覧され、書き写され、正式な出版前に知る人ぞ知る作品になっていた
　　という側面もある。Matthew Campbell, "Dating 'Easter, 1916'" *International Yeats Studies.* 1. (2016). 参照。

2）　*L,* 626.

3）　*Ibid.*

4）　James Moran, *Staging the Easter Rising: 1916 as Theatre* (Cork: Cork University Press, 2005) 65.

第2章　共に罪深き我らのために——W. B. イェイツの『骨の夢』における幽霊と若者を結ぶもの——

5）*Ibid.,* 64.

6）*Ibid.,* 54.

7）*L,* 788.

8）*Ibid.,* 66.

9）Joseph Holloway, Robert Hogan and Micharl J. O'Neill eds. *Joseph Holloway's Irish Theatre. Vol.1.*（Newark, Delaware: Prscenium Press, 1968）81.

10）*Irish Times,* December 7, 1931.

11）『踊り子のための四つの戯曲』では英語的な綴りおよび発音であるダーモット（Dermot）表記である。イェイツは後にゲール（いわゆるケルト）的な要素を強調するために、原語に近いディアミード表記にしたと思われる。この改変は、裏切り者自身が英国的なよそ者ではなく、ゲール／ケルトの王の一人であったことを強調するためかもしれない。

12）ディアミードが領地を失った理由の主たるものは、彼を保護していたアイルランド上王ムルヘルタハ・マク・ロフリンが没したためである。それにより勢力の均衡が乱れ、敵対するブレーフネ王が、次の上王ルアドリー・ウア・コンホヴァル（ローリ・オコーナ）と手を結んでディアミードの領地を攻めたという側面がある（上野格、森ありさ、勝田俊輔編『アイルランド史（世界歴史大系）』（山川出版社、2018年）53）。また、ダヴォーギラの略奪についても恋愛ロマンスというよりも政治的側面が強い。

13）Helen Vendler, *Yeats's Vision and the Later Plays*（Cambridge, MA: Harvard University Press, 1963）194.

14）Natalie Crohn Schmitt, "'Haunted by Places': Landscape in Three Plays by W. B. Yeats," *Comparative Drama,* 1.3.（Fall 1997）352-55.

15）イェイツの初期短編に、ディアミードとダヴォーギラが登場するものがある。それは「赤毛のハンラハンの幻」（"The Vision of the Hanrahan the Red"）（1897）というものである。これは後に書き改め、「ハンラハンの幻」（"Hanrahan's Vision"）（1904）となった。この物語

— 65 —

では、放浪の詩人ハンラハンの前にダヴォーギラの幽霊が現れ、自らの身の上を語る。しかしハンラハンは恐怖のあまり叫び声をあげるだけで物語は終わる。この物語ではハンラハンは『骨の夢』のようにディアミードやダヴォーギラや対話をすることはできず、ただ恐怖するだけの傍観者なのである。しかし、この物語では、ハンラハンが二人の恋人たちの幽霊を呼び出す際には明確なトリガーが存在する。それはかつての恋人の死んだ地で古代の恋人たちの歌をうたい、花びらをハープから散らすことである。そうすると、超自然的な存在となった恋人たちの霊の一群が現れる。そしてその中に、ディアミードとダヴォーギラがいる、という流れである。このトリガーとなる恋歌には、1897年版と1904年版では相違がある。旧版の場合、「罪深い恋人たち［sinful lovers］」（*SR*, 217）と、ディアミードとダヴォーギラの罪を強調しているのに対して、書き改められた新版では「善き恋人たちや悪しき恋人たち［lovers, good and bad］」（*Ibid.,* 113）ととなっている。この理由はもしかしたら新版がレディ・グレゴリーとの共作となったことも関係しているかもしれない。ディアミードとダヴォーギラが招いたノルマン人はアングロ＝アイリッシュと入植の時期は異なり、直接関係はないものの、外部からアイルランドに入植して支配階級を形成したという点で重なり合う存在である。アングロ＝アイリッシュの地主階級であるレディ・グレゴリーを意識してか、アイルランドにとっての「よそ者」の入植の始まりにまつわる罪と呪いの描写を和らげたのかもしれない。

16) Christopher Morash, "Bewildered Remembrance: W. B. Yeats's *The Dreaming of the Bones* and 1916," *Field Day Review.* 11 (2015) 127.

17) qtd. in *Ibid.*

18) *DB&C-MS* 27. なお、草稿の英文については、一部和訳を付さない。

19) *Ibid.,* 29.

20) Chadwick, Joseph. "Family Romance as National Allegory in Yeats's Cathleen ni Houlihan and The Dreaming of the Bones," *Twentieth Century Literature.* 32.2. (Summer, 1986) 162.

21) *DB&C-MS,* 7.

22) *BIV,* 160.

23) ノーマン・デイヴィス，別宮貞徳訳『アイルズ：西の島の歴史』（共同通信社，2006）では「アンリ二世」表記が採用されている。

24) ノーマン，444.

25) Holloway, 81.

26) *CW2,* 309.

27) James Stephens, *The Insurrection in Dublin* (Dublin: Maunsel, 1916) 99.

28) コーコムロー修道院の墓もドナ・オブライエンのものであるとしてイェイツはこの劇で扱っているが、実際にはその墓はコナー・ナ・シューダイン・オブライエン（Conor na Siudaine O'Brien）（1267年没）のものであるという（Schmitt, 363）。

29) Norman A. Jeffers and A. S. Knowland, *A Commentary on The Collected Plays of W. B. Yeats* (Stanford: Stanford University Press, 1975) 162.

30) *CW2,* 311-12.

31) *Ibid.,* 309.

32) John Rees Moore, *Masks of Love and Death: Yeats as Dramatist* (Ithaca, Cornell University Press, 1971) 226.

33) Feargal McGarry, *The Rising: Ireland: Easter 1916* (London: Oxford University Press, 2017) 204-205.

34) Colleen Hanrahan, "Acting in *The Dreaming of The Bones.*" Masaru Sekine and Christopher Murray, *Yeats and the Noh: A Comparative Study* (Gerrard Cross: Colin Smythe, 1990) 135.

35) *CW2,* 311.

36) F. A. C. Wison. *Yeats's Iconography* (New York: Macmillan, 1960) 234-40.

37) *Ibid.,* 315.

38) *Ibid.,* 316.

39) *DB&C-MS,* 51.

40) *Ibid.,* 91.

第二部：イェイツと能楽

41) Alexandra Poulain, "Living with Ghosts: Re-inventing the Easter Rising in *The Dreaming of the Bones and Calvary."The Yeats Journal of Korea.* 52. (October, 2017) 26.

42) Aoife Assumpta Hart, *Ancestral Recall: The Celtic Revival and Japanese Modernism* (Montreal: McGill Queens University Press, 2016) 387.

43) Roger McHugh and William Butler Yeats, "W. B. Yeats: Letters to Rev. Matthew Russell, S.J." In *The Irish Monthly.* 81.955. (March, 1953) 114.

44) A[tkinson], S[arah]. "The Rapt Culdee." *Irish Monthly.* 17.187. (January, 1889), 26-27.

45) *Yeats' Noh Plays* (Argos Record Company. 1965) 2 :45- 2 :55.

46) Sekine and Murray, *Yeats and the Noh: A Comparative Study,* 135.76.

47) Oliver P. Rafferty, "The Church and the Easter Rising," *An Irish Quarterly Review.* 105.417. (Spring 2016) 47.

48) *Ibid.*

49) *CW3,* 175.

50) John Devoy, *Recollections of an Irish Rebel* (New York: Chase D. Young Company, 1929) 29.

51) BMH 1203. Bureau of Military History 収録の証言は、「BMH証言番号」で示す。

52) Tomás Ó Fiaich, "The Irish Bishops and the Conscription Issue, 1918." *Seanchas Ardmhacha: Journal of the Armagh Diocesan Historical Society.* 27.1. (2018-2019) 102.

53) John Newsinger, "'I Bring Not Peace but a Sword': The Religious Motif in the Irish War of Independence," *Journal of Contemporary History.* 13.3. (July, 1978) 609.

54) McGarry, 157.

55) *Ibid.,* 159.

56) BMH 694.

57) BMH 446. ただしこの証言における灯りはランプではなく懐中電灯であると思われる。

58) BMH 359.

59) BMH 1043.

60) *DWL,* 195.

61) *CW2,* 470.

62) Lauren Arrington, "Fighting Spirits: W. B. Yeats, Ezra Pound, and the Ghosts of *The Winding Stair*（1929）," *Yeats's Legacies: Yeats Annual.* 21.（2018）282.

第3章　民族主義者か超人か

——W. B. イェイツのイスカリオテのユダ観とその変遷——

◆ 1．文学者を惹きつけるユダとイェイツの『カルヴァリ』

　十二使徒のひとりでありながら、キリストを当局に引き渡した「裏切り」により、イスカリオテのユダはキリスト教の伝統的な教義では許されざる罪人、「悪魔の申し子[1]」と長年みなされてきた。ユダを罪が赦されたもの、天国に行ったものだとして説教した13世紀のドミニコ会修道士ヴィンツェンツ・フェレールは、カトリックの民衆から高く支持されたものの、教会当局から異端宣告を受けたという[2]。しかし、近代以降、「ユダ伝承は文学と心理学の分野でも好んで取り上げられ[3]」、多くの芸術家がユダを題材とした作品を創作した。W. B. イェイツもその一人である。その彼がユダに特に強い関心を抱いていたと思われる時期が、アイルランド独立期なのである。

　イェイツはユダを重要な登場人物として描いた戯曲『カルヴァリ』（*Calvary*）を1918年から1920年にかけて書いたが、これも日本の能楽に影響を受けた仮面舞踏劇として創作した。イェイツの神秘主義思想において、死者の霊魂は自分が執着する場面を何度も夢で繰り返す。これを彼の独自の専門用語で《夢幻回想》（*Dreaming Back*）という。『カルヴァリ』において、キリストは自分が救い主であるということに執着しており、カルヴァリの丘での磔刑の場面を繰り返し《夢幻回想》として体験している。それはあたかも、自分が救い主であると信じ込んだ狂人の妄想あるいは煩悩の様である。その中で、キリストが復活させたラザロ、キリストを裏切った

ユダ、そしてローマ兵が登場し、キリストを嘲るのである。この戯曲は『骨の夢』と同じく『踊り子のための四つの戯曲』に収められたが、同時収録された他の戯曲と異なり、イェイツの生前に上演されることはなかった。この戯曲が表面的には強く反キリスト教的に見えるから、というのが大きな理由だろう。この戯曲で中心的な役割を果たすのはもちろんキリストなのだが、それと同等に重要なのがユダである。しかし、イェイツのユダに対する考え方を追っていくと、それには時期によって違いが見られる。イェイツのユダ観とはどのようなものなのだろうか。また、なぜイェイツのユダ観は変わって行ったのだろうか。本章では、イェイツのユダ観とその変遷について論じる。

◆ 2. 民族主義者としてのユダ

　イェイツは自らの創作の構想メモを多く残している。その多くは相談も兼ねて書かれた、レディ・グレゴリー宛の書翰に見出される。能を下地にした舞踏劇『エマーのただ一度の嫉妬』（*Only Jealousy of Emer*）を書き上げた直後、1918年1月14日付の手紙で彼は次の戯曲の構想について書き送った。

　　親愛なるレディ・グレゴリーへ（中略）今日、私は新しいクーフーリン劇を書き終えました。そして今、また新しい劇を書きあぐねています。その劇では、あるシン・フェイン党員がユダとダブリンの街角で対話するのです。ユダは、キリストが自分をユダヤ人の王だと宣言させるため、キリストを引き渡すべき相手を探しており、シン・フェイン党員は若い彫刻家を説きふせ、アトリエを離れてライフル銃を取らせようとしています。

第3章　民族主義者か超人か——W. B. イェイツのイスカリオテのユダ観とその変遷——

　　ユダは幽霊であって、もしかしたら街の人々に年老いたボロ布
　　拾いの幽霊と間違われかねない様子です。このアイデアは理論
　　に走りすぎていて主張が強すぎるでしょうか？散文の草稿を書
　　いてみるまで私には分かりません。その前に二篇の抒情詩を書
　　くことになるでしょうが[4]。

　この手紙から、イェイツはダブリンの街角でシン・フェイン党員の
革命家とユダが会話する、という劇を考えていたことがわかる。し
かし、この劇は結局書かれなかった。その理由は「理論に走りすぎ
ていて主張が強すぎる［too theoretical and opinionated］」とある通
り、やや図式的でもあったと彼自身が判断したためだろうか。

　シン・フェイン党員の革命家は彫刻家、つまり芸術家を自分の理
想のために行動に駆り立てて犠牲にしようとし、ユダは同様に理想
のために神の子を行動に駆り立てて犠牲にしようとする。革命家と
ユダが対比されるという構図である。革命家と裏切り者の対話とい
う部分は、1917年から書き始められていた劇『骨の夢』と共通し
ている。また、ユダに関する部分は『カルヴァリ』につながったと
推測できる。

　ここで一つ、注目すべき点がある。この時点でのイェイツのユダ
観である。イェイツはユダの裏切りの理由がユダヤの民族主義に基
づくものだとしている。つまり、ユダはユダヤ民族をローマの圧政
から解放する民族主義的なメシアを望んでおり、イエスをユダヤ民
族の王として目覚めさせるために彼はイエスを売った、という解釈
である。

　このような民族主義者としてのユダ像は、実は珍しいものではな
い。荒井献によれば、このようなユダ観は、ユダの名に続く添え名

— 73 —

の「イスカリオテ」を「短刀を持った刺客」、すなわちシカリ派と
解釈することからきたものであるという[5]。シカリ派はユダヤ民族
主義の過激派であり、ローマ人や親ローマのユダヤ人を短刀で暗殺
した人々である。また、このようにユダをシカリ派とする見方は、
特に18世紀以降に広まった見方であり、その代表的なものとして
ゲーテが『詩と真実』（*Dichtung und Wahrheit*）で示した解釈がある
と指摘されている[6]。ゲーテは次のように書く。

> すなわちユダは、他のもっとも賢明な弟子たちと同じく、キリ
> ストが統治者として、民の長として名乗りを上げるものだと確
> 信し、これまでためらいを克服できないでいる主を、力ずくで
> 行動させようと思い、そのために、同様にこれまで動こうとは
> しなかった僧侶たちと実力行動にかり立てた、というのであ
> る[7]。

これはイェイツが手紙に書いたユダ像と似ている。エドワード・オ
シェーの『イェイツ蔵書目録』（*A Descriptive Catalog of W.B. Yeats'*
Library）にゲーテの『詩と真実』は見当たらないが、マジョリー・
パーロフによると、イェイツは実際にゲーテの『詩と真実』を読ん
でいたという[8]。イェイツのユダ観がゲーテに直接影響を受けたか
は定かではないが、ユダを民族主義者と見る彼の見方は、ゲーテの
ユダ観と重なる。

　また、アビー・ベンダーの研究によれば、アイルランド文芸復興
運動の作家たちの間において、古代イスラエル／ユダヤ属州および
ユダヤ人をアイルランド人およびアイルランドと同一視する見方が
広まっていたという[9]。どちらのネイションも、大国による植民地

— 74 —

化やディアスポラ、民族言語の衰退などを経験してきたものである
が、アイルランドの民族主義者はその二つを同一視することによ
り、アイルランドの独立を神によって約束されたものだとみなした
のである。アイルランド自治法案を中心とした政治運動が活発だっ
た19世紀末には、自治権の確立は出エジプトに、自治運動の指導
者・チャールズ・スチュワート・パーネルはモーセに頻繁に喩えら
れていた。そして1916年の復活祭蜂起以後は、蜂起の首謀者パト
リック・ピアース自身が著作や演説の中で示していたように、処刑
された革命家たちは殉教者あるいはキリストに喩えられた[10]。アイ
ルランド文芸復興の旗手の一人であったイェイツも、そのような類
推に慣れていたと思われる。

　一方で、ユダはモーセのような純粋な神の代弁者かつ民族の解放
者ではない。ユダを民族主義者だと見做してもそれは、ユダを民族
主義ゆえにキリストを売り飛ばす人物として扱うことになる。ユダ
を民族主義者とみなし、そこにスポットライトを当てることは、民
族主義に対する批判にもつながる。

◆ 3．超人としてのユダ

　しかし、前掲の手紙の約3年後に出版された『カルヴァリ』で
は、イェイツはユダの裏切りについてそのような民族主義的な解釈
をしていない。キリストの霊はユダに対して、彼が神であることを
疑ったのだと言う。傍にいて奇跡を目にしながらも、ユダはそれを
信じなかったという。

CHRIST

You were beside me every day, and saw

The dead raised up and blind men given their sight,

And all that I have said and taught you have known,

Yet doubt that I am God.

キリスト：

　お前は私の傍で毎日過ごし、見たはずだ

　死者が蘇り、盲人は光を取り戻したのを。

　私が言ったこと、教えたことすべてをお前は分かっていた。

　しかしお前は、私が神だということを疑っているのだ。

しかし、ユダはそれを否定する。一目見て彼が神だと悟ったがゆえに、奇跡など必要なかったというのだ。その意味でユダはキリストのことを信じている。

JUDAS

I have not doubted;

I knew it from the first moment that I saw you;

I had no need of miracles to prove it.

ユダ：

　疑ってなどいなかった。

　あなたを初めて見た時からそんなことは分かっていた。

　もはやそれを証明する奇跡など必要なかったのだ。

ユダはこのように語るが、やはりキリストはなぜ彼が裏切ったのかを理解しない。そして、すべては神の手の中にあり、望めば今すぐ

— 76 —

この世界を壊すことすらできるとキリストは語る。そんなキリストに対して、ユダは次のように言う。

Judas

[. . . .]   I thought,

'Whatever man betrays Him will be free';

And life grew bearable again. And now

Is there a secret left I do not know,

Knowing that if a man betrays a God

He is the stronger of the two?[11]

ユダ：

（中略）

私はこう思ったのだ、

「誰であれ、神を裏切るものは自由になる」と。

そう思うことで、人生は耐えうるものとなった。今や

神を裏切る人は神よりも強いと

知っている私に分からない謎など残されているだろうか？

神の手の中に制限されることのない自由を求めて、そして神より強いものになることを求めてキリストを裏切ったユダは、あたかもニーチェの超人のようにキリストの前に立つ。その裏切りすらも、世の基が定められた瞬間から定められていた神の計画だと告げるキリストだが、ユダは自分が決めた裏切りだと誇る。誰かがキリストを裏切ると定められていたとしても、それを選び取ったのは自分だと言うのだ。

第二部：イェイツと能楽

JUDAS

[. . . .] and that I'd do it

For thirty pieces and no more, no less,

And neither with-a nod, a look, nor a sent message,

But with a kiss upon your cheek. I did it,

I, Judas, and no other man, and now

You cannot even save me.

ユダ：

（中略）私がそうしようとしたのだ

銀貨三十枚、それ以上でもそれ以下でもなしに。

そして頷きでもなく、目配せでもなく、言葉でもなしに

頬への口づけで裏切ると。私がそうしたのだ。

私、ユダ、他の誰でもないこの私が。そして今や

あなたは私ですら救えない。

奴隷一人分の値段である銀貨三十枚で売ること、そして愛情を示す
口づけでの裏切りというやり方は、あくまで運命を超えた自由意志
で行ったのだとユダは語る。そして神の定めた運命から外れたがゆ
えに、神の手の中から抜け出したがゆえに、自分はもはや神の救い
は望めなくなったとユダは語るのだ。

　『ヴィジョン』において、ユダは「ユダ、すなわち銀貨三十枚の
ためではなく、自らを創造主と呼ぶために裏切った男[12]」と記され
ている。「銀貨三十枚」というのは裏切りの対価ではあったが、そ
の動機ではない。ユダはお金が欲しかったわけではない。あくまで
他の価値基準に従うのではなく、自ら独自の価値基準の創造者にな

ろうとしたのである。これはニーチェ的な超人に通じる姿である。

このように、レディ・グレゴリー宛の手紙で見せた民族主義的なイェイツのユダ観と、『カルヴァリ』以降の超人的なユダ観は異なっている。特に裏切りの捉え方に明確な違いがみられる。それはなぜなのだろうか。次節ではその理由について探ってゆく。

◆ 4. ユダと自動筆記

イェイツは1918年当時、妻ジョージの手による自動筆記を通した教導霊との対話[13]を繰り返し、日々思索を深めていた。特に1918年1月26日付および27日付の対話ではユダについての対話が多く見出される。ユダについての議論を始めた1918年1月26日付の自動筆記を通した教導霊との対話メモは、この時点のイェイツがまだ民族主義的なユダを考えていたことを示している。例を下に挙げる。

28. Judas pities jewish race & so would have christ become their king?

28. No that is the action in the thought of Christ –the CG is that which gives the impulse never that which enriches & thinks.[14]

28番：ユダはユダヤ民族を憐れみ、それゆえキリストを彼らの王にしようとしたのか？

28番：いいえ　それはキリストの考えの範囲内での行動に過ぎない――CGは衝動を与えはするが決して何かを考えたり豊かにしたりしないものだ

この対話において、質問はイェイツから発せられたものであり、返答は妻の自動筆記によるものである。イェイツは、ユダがユダヤの人々を憐れむがゆえに、キリストに王になってもらいたかったのかと自動筆記の教導霊に問いかけている。この対話におけるイェイツの質問は、レディ・グレゴリー宛の手紙に書いたのと同じ路線、民族主義者としてのユダ観を踏襲している。しかし自動筆記はその解釈を否定し、the CG（Creative Genius、後の体系での*Creative Mind*）についての話につなげようとした。Creative Genius あるいは*Creative Mind* とは、『ヴィジョン』の体系において、人生の演劇の台本（いわば課される運命）に対するアドリブとして喩えられる[15]ものである。ここでは、ユダの行動もキリストの考えの内にあったことを述べている文脈から、ユダの裏切りは定められた運命に対する抵抗（それも神の予知のうちだとしているが）だと自動筆記は解釈しているようである。

　また、翌日1月27日の対話では、自動筆記は次のように書いた。

24. because I am now going to write about your Judas

had to say something

Dont [*sic*] make your Judas the conventional bad man—make him

the weak man who achieves a supreme good through his temptation.[16]

24番：何故なら私は今お前のユダについて書こうとしているのだから。

言っておくべきであった。

お前のユダを慣習的な悪人にしてはいけない——彼自身の誘惑を通して偉大なることを成し遂げる弱き男として彼を造型せ

第 3 章　民族主義者か超人か——W. B. イェイツのイスカリオテのユダ観とその変遷——

　よ。

自動筆記はこのように書き、イェイツのユダ観を変えようとする。
それは、典型的な悪人ではなく、その誘惑を通して最高の善を達成
する人間として描くように、というものだ。この自動筆記が教導霊
によるものなのか妻ジョージによるものか定かではないが、ともあ
れこの自動筆記は明確に独自のユダ観を持っているように思われ
る。

　同日 1 月 27 日の対話では、自動筆記は独自のユダ観について、
さらに踏み込んだ話をする。その日の対話の主軸は、「主観的」「客
観的」の二項対立（第 1 章で述べたように、後に『ヴィジョン』で
《対抗性》と《始原性》として体系化されるもの）である。そこで
自動筆記はユダを《対抗性》（主観的）、キリストを《始原性》（客
観的）とし、《始原性》（客観的）なキリストは《対抗性》（主観的）
であるユダの絶望を憐れむことができないとする。

　2. Why do you call despair of Judas Antithetical

　2. At 8 –he hanged himself through despair of antithetical nature –
　christ pities primary despair

　. . . .

　5. Why does not C［hrist］pity the despair of Judas

　5. He pities only primary despair –he does not pity antithetical
　despair because his mission is the objectifying of life the
　spiritualising of it and he pities therefore only the objective[17]

　2 番：なぜあなたはユダの絶望を《対抗性》と呼ぶのか。

— 81 —

第二部：イェイツと能楽

2番：第8相にて——彼は《対抗性》の性質の絶望によって自ら首を吊った——キリストが憐れむのは《始原性》の絶望のみだ。

（中略）

5番：なぜキリストはユダの絶望を憐れまないのか。

5番：キリストは《始原性》の絶望のみを憐れむ——彼は《対抗性》の絶望を憐れむことはない。何故なら彼の使命は生を客観的なもの［＝《始原性》］とすることや、生を精神的なものとすることである。それ故彼は客観性［＝《始原性》］のみを憐れむのだ。

自動筆記によれば《始原性》（客観的）な絶望とは[18]「罪や貧しさや病に対する絶望、外界の物事の欠乏に対する絶望［"despair over sin poverty ill health loss of objective nature［*sic*]］」である。《始原性》（客観的）な絶望は、罪や窮乏や病という、いかにも憐みの対象となりそうな外的な苦境に対する絶望という側面を持つとされている。

　一方、自動筆記の定義によると、《対抗性》（主観的）な絶望は「自己に対する絶望、自己と自己分析・自己知識の世界との間の関係に対する絶望［despair over self &relation of self to world of self analysis self knowledge［*sic*]][19]」であるという。これも整理するのが難しい概念だが、自己の内省の中で自らに絶望するということだろうか。

　イェイツは、この自動筆記による定義に対して「しかし、自己に対する絶望は罪から遠いものではないか［Yet despair over self［is］apart from sin][20]」と尋ね、その通りだという答えをもらっている。

　これらの説明から明確な定義を引き出すのは難しいが、《始原性》

— 82 —

（客観的）な絶望が外的な苦境に対する絶望という側面が強いのに対して、《対抗性》（主観的）な絶望とは自己に対する内的な絶望と解釈することもできる。

　イェイツはこの二項対立を受け入れ、それを『カルヴァリ』に取り入れた。イェイツは『カルヴァリ』の解説文において《対抗性》（主観的）な絶望を「知的な絶望」とも呼び、《始原性》（客観的）であるキリストの同情を超えたものとしている。これは自動筆記との対話の内容に合致している。彼は次のように言う。「それ故、私は神の憐みを超えて存在するある種の知的な絶望をラザロとユダの中に表現した[21]」。

　『カルヴァリ』において、ユダの《対抗性》（主観的）な絶望は救済されない。少なくとも、キリストの贖罪の死は彼のためではない。イェイツは『カルヴァリ』において、鳥、特に白鷺を《対抗性》（主観的）の象徴とし[22]「神は白鷺のために死にはしない［God does not died for the white heron][23]」という楽師の歌を響かせる。また、ユダは「私はユダ、他の誰にもあらず、あなたは私すら救えない［I, Judas, and no other man, and now / You cannot even save me][24]」という言葉をキリストに投げかける。『カルヴァリ』においてユダは贖われてはいない。しかし、彼はそもそも贖われる必要がない精神の自由を、自ら神の子を売り渡すという行為によって作り出しているのだ。

◆ 5．ユダと『ヴィジョン』の月の諸相

　さて、それならば『ヴィジョン』において、イェイツはユダをどのように記述しているのだろうか。『ヴィジョン』の人物類型論である「大車輪」（"The Great Wheel"）において、ユダの名は28の類

型の一つとして扱われてはいない。ヘレン・ヴェンドラーは、ユダの名が皇帝ネロの説明に表れるがゆえに、ユダをネロと同じ26相（Hunchbackの位相）としている[25]。しかし、イェイツはあくまでも、「神を否定すること、ユダになろうとすることがネロにとっての最大の誘惑であるかもしれない［his greatest temptation may be to defy God, to become a Judas］[26]」と書いているのであり、ユダ自身が26相であると書いているわけではない。ユダを理想として、ユダになろうと憧れるような人物は、本来ユダのような人物ではない。むしろイェイツは彼の*Mask*あるいは反対我（anti-self）の理論にあるように、憧れの対象はその人間のあるがままの姿と真逆であると考えていることが多い。そのため、ユダとネロの本来の自己が同じ位相に位置するとは考えにくい。

　それではユダは第何相とするのが妥当なのか。イェイツは自動筆記のすべてを無批判に取り入れたわけではないが、自動筆記はユダを第8相（上弦の月）としている[27]。自動筆記の原稿やイェイツの草稿をもとに『カルヴァリ』の成立過程を分析したジャニス・ハズウェルは、イェイツがユダを『ヴィジョン』の第8相に置いたことに同意しており[28]、『ヴィジョン』の補注版を出したキャスリーン・ポールと　マーガレット・ミルズ・ハーパーもまた、この見解に同意している[29]。第8相は《対抗性》の色相が始まる位相であり、色相の転移として葛藤が最大になる位相である[30]。これは「最大の受難／情熱［the greatest passion］」の位相[31]であり、悲劇と闘争の位相[32]であり、「危機［crisis＝原義は決定的瞬間］」の位相[33]である。それは、現代（1927年[34]まで）の時代精神（第22相、下弦の月）の反対の位相でもある。イェイツがユダをこの位相に置いたことは、彼にとってのユダの重要性を示すものでもある。

第3章　民族主義者か超人か——W. B. イェイツのイスカリオテのユダ観とその変遷——

◆ 6. 重なり合うユダとキリスト

　イェイツは『ヴィジョン』において、その第8相の人物の説明として「彼は葛藤以外何も知らず、彼の絶望は必然である。彼はすべての人間の中で最も誘惑されやすい。『エロイ、エロイ、なぜわたしをお見捨てになったのですか』[He must be aware of nothing but the conflict, his despair is necessary, he is of all men the most tempted—"Eloi, Eloi, why hast thou forsaken me?"][35]」と書いた。ここでイェイツが書いている人物「誘惑[36]」され「絶望[37]」した人物とは、ユダのことであろう。

　また、この説明の末尾にある言葉「エロイ、エロイ、なぜわたしをお見捨てになったのですか」は新約聖書の『マルコによる福音書』15章34節[38]に基づくものである。この聖句はキリストが十字架にかけられた際の最後の言葉の一つである。イェイツはこの言葉をユダの説明文に置くことによって、この言葉をキリストの声であると同時にユダの言葉として引用していることになる。

　キリストはこの言葉を含む7つの言葉を残して十字架上で息絶えたとされる[39]が、ユダも同日に絶望して首を吊って息絶えた。神に見捨てられたとされるユダの絶望の中での自死を表現する言葉として、イェイツがキリストのこの言葉を引用したことは神学的にも興味深い。

　ここで再び『カルヴァリ』に目を向けよう。キリストはユダに立ち去れと告げるが、ユダは立ち去らない。代わりに3人のローマ兵が入ってきて、十字架を担がせるのである。しかし、誰に担がせるのだろうか。

— 85 —

第二部：イェイツと能楽

CHRIST

Begone from me.

(*Three Roman soldiers have entered.*)

FIRST ROMAN SOLDIER

He has been chosen to hold up the cross.

(*During what follows, Judas holds up the cross while Christ stands with His arms stretched out upon it.*)

キリスト：

我が許から立ち去れ。

(三人のローマ兵が登場する)

最初のローマ兵：

その男が十字架を担うために選ばれた。

(次のことが行われている間、ユダは十字架を担い、

キリストは両手を広げて立つ)

実際に十字架を担うのはユダであり、キリストは担わずに両手を広げるのである。ユダをその手の中に収めることができなかった神の手を。ローマ兵の言う「彼 [He]」というのは「神」も意味する語であるが、ここでローマ兵の用いる「担う [hold up]」という語句はト書きでユダに割り振られている。キリストは十字架を担わず[40]、ユダに十字架を担わせながら、十字架の前で、自分が救世主であるという妄執に浸るのである。しかし、このキリストとユダの二人がいて初めて、舞台上で磔刑図は完成する。ローマ兵が嘲る

— 86 —

中、キリストは次の言葉を発する。

CHRIST

My Father, why hast Thou forsaken Me ?

キリスト

父よ、なぜあなたは私をお見捨てになったのですか？

ユダとキリストが重なった中での、絶望としてのキリストの叫びである。

◆ 7. "War between Race and Individuality"

さて、ここで『ヴィジョン』に話を戻そう。『ヴィジョン』によると、ユダの属する第8相のWillは "War between Race and Individuality[41]" であるという。イェイツの体系では、Raceとは一般的な意味における人種や民族という意味に留まらない。それは、人の心の中に存在する「非個人的」「集合的」な思い[42]であり、その民族として古くから伝えられてきた社会的・文化的な規範を意味する場合もある。またこれは彼の体系において、あるべき理想の自己（彼の体系ではOughtとも呼ばれる）として目指すことを強いられたenforced Mask[43]となることもある。

そのようなRaceと対立するのがIndividualityである。これは「あるべき」仮面ではなく、本来あるがままの自己（彼の体系ではISとも呼ばれる）たろうとするもの[44]である。イェイツがユダをこの位相に置いたということは、ユダをRaceとIndividualityの戦いを戦った人間とも見ていたことを示唆する。

― 87 ―

第二部：イェイツと能楽

　この劇『カルヴァリ』では、神の手のひらの中（全体）か、神な
き個人の孤高の境地（個）かの対立という問題が扱われている。し
かし、このRaceという概念はまだ民族主義的な色彩を保っている。
この点を考慮すれば、イェイツのユダ観は、完全に民族の問題と切
り離されてはいないと推測することも可能である。

　イェイツの作品において、この"War between Race and Individual-
ity"を戦った登場人物がいる。それは、『カルヴァリ』と並行して
構想された裏切りの劇『骨の夢』の登場人物、自分たちの愛ゆえに
アイルランドを売り、ノルマン人を招き、それから何百年もの植民
地化につながったとされる人物、ディアミードとダヴォーギラであ
る。この劇については前章で扱ったが、ここで改めて論じたい。こ
の劇では、復活祭蜂起で戦った若い男（Young Man）の前に、ディ
アミード（戯曲内の役名はStranger）とダヴォーギラ（戯曲内の役
名はThe Girl）の霊が現れ、対話をする。二人は呪いを受け、夜の
山を彷徨う定めとされている。ダヴォーギラ曰く、彼女たちと同じ
民族の誰か一人でも彼らを許すと言ってくれれば、呪いは解けると
いう。しかし、若者は個人的な恋愛感情ゆえにアイルランドを売っ
た二人を許すことはできない。

　　YOUNG MAN. You speak of Diarmuid and of Dervorgilla

　　　　Who brought the Norman in?

　　THE GIRL. Yes, yes I spoke

　　　　Of that most miserable, most accursed pair

　　　　Who sold their country into slavery, and yet

　　　　They were not wholly miserable and accursed

If somebody of their race at last would say:

'I have forgiven them.'

YOUNG MAN. Oh, never, never

Will Diarmuid and Dervorgilla be forgiven.[45]

若者：ノルマン人を導き入れた

　あのディアミードとダヴォーギラについての話だな。

若い女：ええ、あの最も惨めな

　最も呪われた二人、

　自らの国を奴隷状態に売り渡した者たちについてお話しました。

　でも、もし彼らの民の誰か一人が

　「彼らを赦す」と最後に一言を言ってくれるならば、

　彼らは呪いや惨めさから解放されるのです。

若者：ああ、絶対に、絶対に

　ディアミードとダヴォーギラを赦しはしない。

ユダが銀貨三十枚でキリストを売ったように、ここでも "sold" という語が使われている。Race（全体）を重んじ、復活祭蜂起に参加した若者は、ある意味で《始原性》（客観的）であり、Individuality（個）を重んじてRace（全体）を裏切ったディアミードとダヴォーギラはある意味で《対抗性》（主観的）に属する。

　そして、『ヴィジョン』における第8相の人物の説明「彼は葛藤

以外のなにものも知らず、彼の絶望は必然である。彼はすべての人の中で最も誘惑されやすい」は『骨の夢』の恋人たちにもあてはまる。彼らはお互いに誘惑され、苦悩の闘争の中で生き、そして絶望した。8相の説明の末尾に置かれたキリストの十字架上での言葉「なぜ汝我を見捨てたまいしや」という声もまた、彼ら恋人たちに当てはまる。彼らは後の時代のアイルランド人、特に独立運動の世代のアイルランド人から見捨てられた。『骨の夢』においても、若者に赦しを求めた彼らは最後まで赦しを得ることができない。ディアミードとダヴォーギラはイェイツにとって、ただ国を売った裏切り者というよりもむしろ、"War between Race and Individuality" を戦ったユダでもあるのだ。

　一方、そのアイルランドのユダたるディアミードとダヴォーギラと対峙した若者は、復活祭蜂起に参加したあと、西に逃げてきた男である。前章で述べたように、彼もある意味裏切り者としての属性を帯びている。また、民族主義的な側面もあるが、職業的革命家ではない。もちろん、彼は個よりも民族全体を重視する側だとして配置されている[46]が、民族を裏切った二人を危うく赦しそうになった[47]と彼自身が劇の最後に吐露するように、彼も迷う存在として描かれている。そのように、登場人物を図式的にしすぎないことが、この戯曲にダイナミズムと深みを与えていることも指摘しておくべきだろう。イェイツの詩「復活祭、1916年」（"Easter, 1916"）において、民族独立という一つの「夢」（"dream"）を追い求め（70-71行目）すぎた革命家が「石の心」（"stone of the heart"）（41-44行目；57-58行目）になってしまったことについて歌われるが、この戯曲の若者は、まだ幸いなことにそうなってはいないようだ。そのように、イェイツはあえてこの若者を頑なにしすぎなかったのかもしれ

ない。

　若者は迷いながら、半ば自分に言い聞かせるようにディアミード
とダヴォーギラを 3 度否認する[48]。前章でも触れたが、これは聖書
においてキリストを 3 度否認した後に鶏の声を聞いた使徒ペトロの
モチーフだろう。イェイツは『カルヴァリ』においてペトロを登場
させることも考えていた[49]が、そのモチーフはこの劇でも共通して
いる。民族を裏切った人物をユダとして配置しているのに対して、
目の前で苦しむ人物を、民族への思いゆえに見捨てる人物をペトロ
として配置していると読むこともできる。

◆ 8．まとめ
　イェイツは当初、ゲーテ的な民族主義のユダを考えていたが、妻
ジョージの自動筆記の示唆により、《対性性》（主観的）な人物とし
てのユダを見出し、それを『カルヴァリ』に描いた。また、『ヴィ
ジョン』ではユダを《対抗性》（主観的）な第 8 相の人間とした。
その第 8 相は "War between Race and Individuality" の位相である。
これは『カルヴァリ』のユダに当てはまるだけでなく、同時に構想
されていた『骨の夢』のディアミードとダヴォーギラにも当てはま
るものである。
　民族主義ゆえに神を売るユダから、神を超えようとするユダへ。
または、自分たちの愛ゆえに民族を裏切った過去の恋人たちと、そ
れに対峙する若者へ。妻ジョージの行った自動筆記が、彼女の演技
だったのか、それを超えた何かの働きがあったのかはわからない。
重要なのは、イェイツがそこから示唆を受け、それを自身の判断
で、確信をもって作品に取り込んだということである。そして『カ
ルヴァリ』も『骨の夢』も、そこに登場する人物たちは、単純な民

第二部：イェイツと能楽

族主義者の姿ではないのである。

注

1） 大貫隆編,『イスカリオテのユダ』（日本キリスト教団出版局, 2007）
241.

2） 荒井献,『ユダのいる風景』（岩波書店, 2007）60-61.

3） 大貫, 8.

4） *L,* 645.

5） 荒井, 63-64. 現在では「イスカリオテ」を「シカリ派」と見なす見
解は一般的ではない。現在主流である説は、「ケリオテ出身の」という
意味だとする解釈である。

6） 同上.

7） ヨハン・ヴォルフガング・フォン・ゲーテ, 山崎章甫訳『詩と真実：
第一部』（岩波書店, 1997）308.

8） Marjorie Perloff, "Yeats and Goethe," *Comparative Literature.* 23.2.
（1971）125.

9） Abbey Bender, *Israelites in Erin: Exodus, Revolution, and the Irish Revival*
（Syracuse University Press, 2015）2.

10） *Ibid.*

11） *CW2,* 333.

12） *CW13,* 178.

13） イェイツの妻ジョージは1917年10月に自動筆記を始めた。1937年
版の『ヴィジョン』にイェイツが書いたところによれば24日（*CW14*
7）、ロイ・フォスターによれば27日（Roy Foster, *W. B. Yeats: A Life.*
Vol. II. The Arch-Poet（Oxford: Oxford University Press, 2003）105-06）　と
日付は異なるが、この年の10月下旬にこの交流は始まった。その自動
筆記を通した会話は（後にジョージの睡眠中の言葉として）長年続い
た。その自動筆記は、本当に教導霊が働いていたか否かに関わらず、
イェイツにとって思索を深める重要な儀式であった。なお、草稿

— 92 —

Rapallo Notebook によれば、イェイツ自身はどうやら妻が演技で自動筆記を始めたことには少なくとも気づきながらも、だまされている振りをしていたことが示唆されている（Neil Mann, *A Reader's Guide to Yeats's A Vison* (Clemson, SC: Clemson University Press, 2019) 30）。

14)　*YVP1,* 291.

15)　*CW14,* 62.

16)　*YVP1,* 294.

17)　*Ibid.,* 292.

18)　*Ibid.*

19)　*Ibid.,* 292-23.

20)　*Ibid.,* 293.

21)　*FPD,* 136-37.

22)　*Ibid.,* 136.

23)　*CW2,* 330.

24)　*Ibid.,* 334.

25)　Helen Vendler, *Yeats's Vision and the Later Plays* (Cambridge, Mass.: Harvard University Press, 1963) 175.

26)　*CW13,* 90; *CW14,* 132. *YVP1,* 291.

27)　*YVP 1* 291.

28)　Janis Haswell, "Resurrecting Calvary: A Reconstructive Interpretation of W. B. Yeats's Play and Its Making," *Yeats Annual.*15. (2002) 169.

29)　*CW13,* 264.

30)　*CW13,* 45; *CW14,* 89.

31)　*CW13,* 112-13.

32)　*CW13,* 22; *CW14,* 68.

33)　*CW14,* 61.

34)　*CW13,* 177; *CW14,* 217. なぜイェイツが「1927年」にこだわったのかは謎であるが、以下の仮説をここで提唱したい。1927年という年は、『ヴィジョン』初版の時は未来であったが、改訂版の出版時には過去となっていた。それにも関わらず、イェイツはこれを変更しなかった。

ムッソリーニに関する箇所などを削除しているので、改訂版でこの年も修正可能だったはずである。しかしそれを変えなかったのは、この年を大きな変化の年だと考えていたためであろう。初版にもこの年を記すことができたのは、その年にその事件が起きる、とある程度の見通しが立っており、そしてその予想通りそれが起きたためだと思われる。貴族的な社会の最後の礎が失われて混沌としてゆく時代、ということを考えると、それは1927年に、レディ・グレゴリーの邸宅であるクール荘園を失った（アイルランド自由国に売却された）ということではないだろうか。これについてはさらなる研究が必要である。

35) *CW13*, 45; *CW14*, 89-90.

36) 悪魔に誘惑された：ルカ22章3節。

37) 絶望して自殺した：マタイ27章5節。

38) 詩篇22篇の冒頭の一節でもあり、絶望から神の信頼と希望へとつながる言葉でもある。またマタイ27章46節だと「エリ・エリ・レマ・サバクタニ」である。

39) 十字架上の7つの言葉とは、伝統的にルカ23章34節、同43節、ヨハネ19章26節-27節、マルコ15章34節およびマタイ27章46節、ヨハネ19章28節、同30節、ルカ23章46節の7つである。複数の福音書に共通して見られるのは、イェイツも引用した「わが神、わが神、どうして私を見捨てになったのですか」だけである。

40) 共観福音書によれば、十字架の道行きで十字架を担ったのはキリストだけではない。たまたま通りかかったキレネ人のシモンも同様に十字架を担いだという。しかし伝統的に聖劇などではヨハネ福音書をもとにしてキリストのみが十字架を担ぐ演出が多い。もちろん、ユダが十字架を担う聖劇はない。

41) *CW13*, 43; *CW14*, 88. なお、1925年版の初版ではrace と individualityの頭文字は小文字だが、1937年版ではそれらの語の頭文字は大文字になっている。これは、イェイツがそれらの語を独自の概念として自覚的に用いていることを示す。

42) *CW13*, 45; *CW14*, 89.

43) *CW13,* 19; *CW14,* 63.

44) Individualityは、『ヴィジョン』の中で明確な定義はなされないが、個人的なものを指す特別な語である。第7～9相と第21～23相が「individualityの位相 [phases of individuality]」とされており（*CW13,* 73; *CW14,* 115）、第8相と 第22相で最も強くなる（*CW13,* 19; *CW14,* 63）。また、それらindividualityの位相というものは、「*Will*は*Mask*との関係からよりも*Will*そのものとの関係の中で理解される場である [where the *Will* is studied less to the *Mask* than in relation to itself]」（*CW13* 73; *CW14* 115）ともある。つまり*Ought*（あるべき理想の自己）から、つまり「強制された仮面」である（Race）からも自由であろうとする、生来の自己（*Is*）が強く表される場がindividualityの位相であると図式化できる。

45) *CW2,* 314.

46) *CW2,* 309.この戯曲において、この若者は復活祭蜂起で敵として戦った英国兵（および王立アイルランド警察など）を "not of our race" と言っているが、彼があえてそう強調するということは、その英国兵・警官の多くがアイリッシュであり、復活祭蜂起の戦いもアイリッシュ同士の同士討ちという側面があったということを内心気づいていたためとも考えられる。

47) *Ibid.,* 314.

48) *CW2,* 314-15.

49) *YVP1,* 31.

◆第三部：イェイツと俳句◆

第4章　イェイツの「日本の詩歌を真似て」と小林一茶の哲学

◆1.「日本の詩歌を真似て」は何を真似た？

　W.B. イェイツは詩集 1938年出版の『新詩集』（*New Poems*）に、詩「日本の詩歌を真似て」（"Imitated from the Japanese"）を収録し、発表した。次のような詩である。

　　"Imitated from the Japanese"

　　A most astonishing thing
　　Seventy years have I lived;

　　（Hurrah for the flowers of Spring
　　For Spring is here again.）

　　Seventy years have I lived
　　No ragged beggar man,
　　Seventy years have I lived,
　　Seventy years man and boy,
　　And never have I danced for joy.

　　「日本の詩歌を真似て」

　　なんと驚くべきこと
　　70年もこの私が生きてきたということ。

— 99 —

（春の花々に栄えあれ

春がまた訪れたのだから）

70年も生きてきた

ぼろをまとった乞食とならず

70年も生きてきた

70年も大人で少年で

喜びに踊ったことなんかはない。

イェイツは、1936年にドロシー・ウェルズリー宛の書翰の中でこの詩の草稿を書いた。その書翰は後に『詩に関するドロシー・ウェルズリー宛イェイツ書翰集』（*Letters on Poetry from W.B. Yeats to Dorothy Wellesley*）（1964）に収録され、公開された。その中でイェイツは、「この詩は、春を称える日本の俳句の散文訳をもとに書いた[1]」と述べている。この手紙が公開されて以来、イェイツの研究者たちは、イェイツに影響を与えた俳句を探し続けてきた。その結果、さまざまな説が提唱されることとなった。例えば、アール・マイナーは、エズラ・パウンドが翻訳した能楽『杜若』収録の和歌から取られたのではないかと提唱した[2]。一方、リチャード・フィネランは、江森月居の俳句が元ではないかと主張した[3]。

この詩の元となった俳句は長年謎であったが、2005年にエドワード・マークスによって突き止められた。マークスは、愛媛大学の紀要『愛媛大学法文学部論集』に「イェイツの日本におけるヨネ・ノグチ」（"Yone Noguchi in W. B. Yeats's Japan"）という題の連続した2編の論文を発表し、それが2007年に『イェイツ年報17』（*Yeats Annual 17*）に再掲載されたのである。その結果、彼の発見は、海

— 100 —

外の批評家の間でも評判になった。マークスは、イェイツがヨネ・ノグチの翻訳した小林一茶の句をほぼ盗用していることを発見した。

イェイツが剽窃に近い形でこの詩を発表してしまったということは、彼が一茶の俳句に感銘を受けたからであろうか。あるいは自分が表現したいと思っていたものと似たものをそこに見出したからであろうか。

しかし、この「日本の詩歌を真似て」という詩の末尾の一行は、諦めにも似た境地を表明しているように見える。そしてそれは、イェイツが当時信念としていたモットーに反するように思われる。これはなぜだろうか。

◆ 2. 小林一茶の「荒凡夫」の哲学

前述したように、イェイツの手紙によれば、この詩は「日本の春を讃える俳句の散文訳から」作られたもので、その起源は一茶の俳句をノグチが英語に翻訳したことにある。

ノグチは最初期の、世界への俳句紹介者の一人である。イェイツらと交流を持ち始めた1904年のエッセイ「アメリカ詩人への提言」("A Proposal to American Poets")では、俳句について次のように説明し、英語圏の詩人に俳句を薦めた。

　　俳句（17音節の詩）は小さな星のようだ。これはつまり、いいかい、それは背景に全天を背負っているってことなんだ。それは、かすかに開いたドアのようで、人はそこから詩領域に忍び込むことができるんだ。それはただの導きのランプで、その価値はどれだけ照らし出したかによる。発句詩人が最も望むこ

とは、彼が生きている高次の境地で読者に印象付けることだ。僕はいつも英詩を、応接間の絵画が外から見えるほど窓が広く開いた大邸宅に例える。そんなものを見ても、僕は敢えて内側を覗き込みたい誘惑には駆られないよ[4]。

俳句は、詩の領域に通じる「かすかに開いたドア」（"a slightly-open door"）であり、導きのランプであり、背景に全天を背負った小さな星だという。それは、外からも室内の絵画が眺められる大邸宅に例えられる英詩と対照的であり、ほのめかしが重要であるという。

また、同エッセイでノグチは「17シラブルで詩を書く私自身の試み [my own attempts in the seventeen-syllable verse][5]」として英語で俳句の実作を披露した。これはもともとは1903年に『帝国文学』に発表されたもので[6]、パウンドの作例に先立つこと10年であった。パウンドと違い、ノグチは英語のシラブルで五七五を再現しようとした。彼が試みた五七五での作例の一つを下に挙げる。

My girl's lengthy hair
Swung o'er me from Heaven's gate:
Lo, Evening's shadow![7]

恋人の長き髪
天国の門から私を包む
見給え、夕暮れの影だ！

日本語の五七五と違い、英語において5-7-5のシラブルは長く、

第4章　イェイツの「日本の詩歌を真似て」と小林一茶の哲学

説明的になりがちである。リチャード・ライトなど、5-7-5のシラブルの英語俳句で成功した作例もあるが、ノグチの英語俳句は音数を合わせるための形容詞や間投詞などが多く見られ、英語俳句として見ると冗長な印象を与えるものになっている。

　また彼は1914年にロンドン日本協会とオクスフォード大学で講演を行い、同年にそれらの講演を『日本詩歌の精神』(*The Spirit of Japanese Poetry*) として出版した。そこで彼は、「最良の詩は書かれていない詩、もしくは沈黙の中で歌われた詩である [the very best poems are left unwritten or sung in silence][8]」とし、俳句において書かれていない余白の部分を読み解くことの重要性を説いた。また同時に、「俳句の不完全さを完成させるのは読者である [it is the reader who make the *Hokku*'s imperfection a perfection][9]」ため「我らの詩において読者は平等に責任のある地位を占める [in our poetry the readers assume an equally responsible place][10]」とし、読者と作者が対等であるとしたことも革新的な見解であった。

　そしてノグチは1920年に自作の俳句集『日本的な発句集』(*Japanese Hokkus*) を出版し、それをイェイツに捧げている。その序文でノグチは、イェイツの有名な「イニスフリーの湖島」("The Lake Isle of Innisfree") の一節を引用しながら、一茶を「『土と編み枝』のみすぼらしい小屋 [shabby hut 'of clay and wattles made']」の詩人として取り上げ、「小さな生き物に対する彼の素朴な共感 [his simple sympathy with a small living thing][11]」を賞賛している。

　そんなノグチは1935年に俳文「趣味」("Hobby") を書き、雑誌『アデルフィ』(*Adelphi*) に発表した。この俳文は翌年、インドの雑誌『ヴィスヴァ゠バラティ・クォータリー』(*Visva-Bharati Quarterly*) に再掲載された。イェイツはこの『ヴィスヴァ゠バラ

ティ・クォータリー』を読んでいたため、その中にある一茶の俳句をもとに「日本の詩歌を真似て」を詠んだと思われる。

　ノグチの俳文「趣味」において一茶は生き物に共感する詩人としてではなく、様々な不幸を経験した放浪者として描かれる。ノグチは一茶を引き合いに出しながら、自らに趣味がないことを自嘲し、言うなれば、歩くことや放浪することだけが趣味だと言う。そして、小林一茶の『七番日記』の序文を引用する（便宜上、ここではノグチ訳の英文を和訳したもののみ掲載する）。

　　郷里を離れた安永（一七七二〜一七八〇）六年から三十六年、
　　一万里以上の放浪となった。三十六年は一万五千九百六十日で
　　ある。三十六年は一万五千九百六十日である！どれだけ苦渋を
　　味わったことか！心に安らぎを感じた日は一日もなかった。し
　　かし、いつの間にか私は白髪の老人になっていた[12]。

ノグチは以上を引用し、続いて自分が３行ずつに訳した一茶の句を３つ挙げた。

How strange it is

That I should have lived fifty years!

Hallelujah to flower's spring!

First day of spring at last!

Fifty years! I've lived, . . .

Not a beggar in rush clothes!

第4章　イェイツの「日本の詩歌を真似て」と小林一茶の哲学

Alas fifty years have passed,

Having no night

When I danced in joy.[13]

なんと奇妙なこと
この私が50年も生きてきたとは！
花の春にハレルヤ。

ついに訪れた春の最初の日
50年も！私は生きてきた……
菰を被った乞食とならずに！

ああ、50年も過ぎた
喜びのうちに踊るような
そんな夜を過ごすことなどなしに。

この詩行は一見、イェイツの詩「日本の詩歌を真似て」とほぼ同じ
ように見える。イェイツは、この詩は俳句の散文訳から引用したと
書いているが、マークスが的確に指摘しているように、これは正確
ではない。この詩は、1つの俳句の翻訳ではなく、3つの俳句の連
作の詩の翻訳なのである[14]。日本語の原句は次の通りである。

　五十年あるも不思議ぞ花の春[15]

　春立や菰もかぶらず五十年[16]

— 105 —

第三部：イェイツと俳句

六十年踊る夜もなく過しけり[17]

前の二句は、小林一茶が50歳の時、文化7年（1810年）に始めた句帳『七番日記』から引用したものである。実は三句のうち最後の一句は、『七番日記』には収録されていない。この句はそれらの10年後に書かれ、『文政句帖』にまとめられたものである。ノグチは、50歳となった自分の年齢を自嘲する意味で、「六十年」を「五十年」に改めた。

マークスが指摘するように、通常の解釈では、「踊り」は「盆踊り」であり、祖先の霊を慰めるための日本の伝統的な踊りである[18]。しかし、この踊りにはもう一つの側面がある。今日では町内会などの単なるイベントという扱いが多いが、かつては夜中のダンスパーティーかつマッチングパーティーであり、時には性的な関係も含まれていた。この句では、そのような夜会がないことを嘆いていると同時に、六十歳となった老人が、女性とそのように踊る機会を得られなかったことを嘆いているのである。一茶は俳句形式を通して、老いた語り手の抑えきれない性欲を自己戯画化するかのように描いたのである。

エドワード・マークスが指摘するように、一茶は老年になっても性的な活力を失わず、そのことを詩的な日記に記録していた人物である。この事実を知ることができたなら、イェイツは喜んだだろう、というマークスの指摘[19]に、私は同意する。

マークスによる発見と、それから導き出された推論は確かなものである。しかし、ここで一言付け加えておきたい。一茶はよく正月に句帖の自序を書いたが、この自序の重要性をここで強調したい。ノグチは俳文「趣味」において一茶の『七番日記』の序文を引用し

第４章　イェイツの「日本の詩歌を真似て」と小林一茶の哲学

ているが、それは一茶が長い放浪生活を『七番日記』で振り返って
いるからである。しかし、ノグチは『文政句帖』にある序文を引用
していない。しかし、もし引用していたとしたら、これはこれでな
かなか面白いことになっていただろう。

　ここで、『文政句帖』の序文に注目したい。一茶が六十歳になっ
た年は、「荒凡夫」という哲学的な理論を初めて解明した重要な年
であった。大乗仏教では、「凡夫」という。仏の真理を知らぬ者、
聖者ならざる者という。一茶は、その句帖の冒頭で、自らを「荒凡
夫[20]」と呼んだ。

　　荒凡夫のおのれのごとき、五十九年が間、闇きよりくらきに迷
　　ひて、はるかに照らす月影さへたのむ程の力なく、たまたま非
　　を改めんとすれば、暗々然として盲の書を読み、あしなへの踊
　　らんとするにひとしく、ますます迷ひに迷ひをかさねぬ。げに
　　げに諺にいふとほり、愚につける薬もあらざれば、なほ行末も
　　愚にして、愚のかはらぬ世を経ることをねがふのみ[21]

現代語訳すると、以下のようになる。

　　荒凡夫である私は、これまで五十九年間、暗闇から暗闇へと迷
　　い続け、遠くの月光を知覚するかすかな力もないまま過ごして
　　きた。時折、自分の過ちを改めようとしても、それは暗闇の中
　　であり、まるで盲人が本を読もうとするように、足の不自由な
　　人が踊ろうとするように、妄執は妄執に重なる。昔から言われ
　　ているように、愚かさを治す特効薬はない。だから、私が願う
　　ことができるのは、愚かさとともに最期の日を迎え、同じ愚か

第三部：イェイツと俳句

さとともにこの世を生きることだけだ。

　一茶は肉体的な欲望を克服することができず、上記の文章の年まで
妄執を抱えたまま生涯を過ごし、まるでイェイツと同じように苦闘
していたのである。言うなればイェイツが詩に書いた「マーマレー
ドの中の蠅のもがき［The struggle of the fly in marmalade］」（「我は
汝の主なり」"Ego Donimus Tuus" 49行目）とも言うべき生き様で
ある。そうしながらも、欲望に満ちた不器用な生でありながらも、
自らの生を肯定している。これはイェイツの詩『自己と魂の対話』
（"A Dialogue of Self and Soul"）における「自己」の態度と似てい
る。この詩では「自己」が、たとえ「未熟な人間が／自分の不器用
さに直面させられるときに感じる痛み［The unfinished man and his
pain / Brought face to face with his own clumsiness］」（47-48行目）を
味わおうとも、ニーチェの「永劫回帰」のように、それでも自分の
生を何度でも生きてやろうと肯定するのである。

　イェイツの哲学がニーチェの影響を受けているのに対し、一茶の
哲学は浄土真宗の信仰に基づくものである。一茶は浄土真宗の熱心
な信者として知られている[22]。

　浄土真宗において、阿弥陀仏は、特に罪人を救おうとする。なぜ
なら、罪人は自分ではどうしようもなく、妄執と煩悩、すなわち自
分の弱さに縛られていて、善行（自分の行為によって良いカルマを
作り出すこと）ができないことを知っているからだ。だから、阿弥
陀仏の慈悲にすがるしかないのである。ただすべきことは念仏を唱
えることである。それさえできれば、阿弥陀仏の浄土に往生するこ
とができる。そして何よりもこの教えでは、信者は阿弥陀仏の慈悲
に対して完全に受身でなければならない。これを他力本願という。

— 108 —

その逆で、阿弥陀仏以外のもの（自分も含めて）に頼ることは偽り
であり、さらに迷いを生じて地獄に落ちることになる。

　さて、先に見たように、一茶は『文政句帖』の自序で、自らの不
器用な欲望生活を肯定しているわけだが、その思想は、浄土真宗の
信仰と矛盾しないのだろうか。

　浄土真宗の仏教書『歎異抄』第九条では、凡夫と踊りが取り上げ
られている。その中で、宗祖親鸞とその弟子唯円房の、歓喜の舞と
妄執・煩悩の関係をテーマとした対話が紹介されている。

　　念仏まうしさふらへども、<u>踊躍歓喜のこ丶ろ</u>、をろそかにさふ
　　らふこと、またいそぎ浄土へまいりたきこ丶ろにさふらはぬ
　　は、いかにとさふらふべきことにてさふらふやらんと、まうし
　　いれてさふらひしかば、親鸞もこの不審ありつるに、唯円房お
　　なじこ丶ろにてありけり。よくよく案じみれば、天におどり、
　　地におどるほどによろこぶべきことを、よろこばぬにて、いよ
　　いよ往生は一定とおもひたまふなり。よろこぶべきこ丶ろをを
　　さへて、よろこばせざるは煩悩の所為なり。しかるに仏かねて
　　しろしめて、煩悩具足の凡夫とおほせられたることなれば、他
　　力の悲願はかなくのごとし、われらがためなりけりとしられ
　　て、いよいよたのもしくおぼゆるなり。また浄土へいそぎまい
　　りたきこ丶ろのなくて、いさ丶か所労のこともあれば、死なん
　　ずるやらんとこころぼそくおぼゆることも、煩悩の所為なり。
　　久遠劫よりいままで流転せる苦悩の旧里はすてがたく、いまだ
　　むまれざる安養の浄土はこひしからずさふらふこと、まことに
　　よくよく煩悩の興盛に候ふにこそ。なごりをしくおもへども、
　　娑婆の縁尽きて、ちからなくしてをはるときに、かの土へはま

第三部：イェイツと俳句

いるべきなり。いそぎまいりたきこゝろなきものを、ことにあはれみたまふなり。これにつけてこそ、いよいよ大悲願はたのもしく、往生は決定と存じ候へ。踊躍歓喜のこころもあり、いそぎ浄土へもまゐりたくさふらはんには、煩悩のなきやらんと、あやしくさふらひまなし[23]（下線は引用者による）

長くなるが、現代語訳を続いて引用する。

「念仏を申しておりましても、おどりあがるような喜びがありません。また、急いで浄土へまいりたいという心もおこりません。これはいったいどうしたことでしょうか」とおたずねしました。すると親鸞聖人は、「実は私も同じような疑問を抱いていたのですが、唯円房よ、あなたもおなじ思いをもっていたのですね」といわれて、つぎのように仰せになりました。

このことをよくよく考えてみると、天におどり地におどりあがるほどに、喜ぶべきことですのに、それが喜べないのは、わたしが浄土に往生させていただけるしるしであると思います。というのは、喜ぼうとする心をおさえて、喜ばないようにしむけたのは、煩悩のしわざです。しかし、阿弥陀さまは、そのようなわたしであることをはじめから知っておられて、煩悩からのがれることのできない愚かなこのわたしたちを、なんとか救おうという願いをたてられたのでした。したがって、もともと阿弥陀さまはわたしたちを救うことを目的としておられたということで、ますますたのもしく思われます。

また、はやく浄土へまいりたいという心がおこらず、少し病気などをすると、もしや死ぬのではあるまいかと心細く思うの

— 110 —

第4章　イェイツの「日本の詩歌を真似て」と小林一茶の哲学

も、煩悩のしわざです。はてしなく遠いむかしから今まで生まれかわり死にかわりしつづけてきた、苦悩にみちたこの迷いの世界を捨てることができません。またこれから生まれさせていただける浄土は、安らかでよい世界であるということですが、行きたいという気持ちがありません。このことは、よくよく、わたしは煩悩のさかんな身であるからでしょう。どれほど名残惜しいと思っても、この世の縁がつきて、どうにもならなくなって命が終わるときに、浄土に参らせていただけばよいのです。はやく浄土に参りたいという心のないものを、阿弥陀さまは特にあわれに思ってくださるのです。このようなわけですから、いよいよ、大いなる慈悲の心でおこされた阿弥陀さまの本願はたのもしく、浄土に生まれさせていただくということはたしかであると思います。

念仏して、もしおどりあがるような喜びがあり、また、はやく浄土へまいりたいと思うようでしたら、わたしには煩悩がないのであろうかと、かえって疑わしく思うことでしょう。

このように、聖人は仰せになりました[24]。（下線は引用者による）

この『歎異抄』第九条にある踊躍歓喜（または歓喜踊躍）は「喜びに踊る」という意味である。この言葉は『仏説無量寿経』などの浄土経典にもしばしば登場し、仏法の真理を知ったときの天上の喜びを表す（例：第四十四願「設我得仏、他方国土、諸菩薩衆、聞我名字、歓喜踊躍、修菩薩行、具足徳本、若不爾者、不取正覚」[25]）。仏法に触れた喜びを舞いで表す所作は盆踊りともつながりがあるが、一遍は、この考えを発展させ、時宗（踊り念仏宗）と呼ばれる新し

— 111 —

い仏教の宗派を創始した。

『歎異抄』は、かつて一般人が読むことを禁じられていた、という言い方がよくなされるが、実はこれは正しくない。江戸時代には何度も出版され、庶民にもその思想が知られていたことが明らかになっている[26]。このことから、一茶はこの経典の存在を知っていた可能性が高い。

親鸞は、前掲の文章で、煩悩に満ちた愚かな存在である自分は喜びに踊ることができない、と告白している。しかし、阿弥陀仏の慈悲を頼りに自分の不器用さに向き合う、その姿勢が救われる道となるのである。

喜びのない人生は妄執の人生かもしれない。しかし、『歎異抄』第九条を参照すると、そうした人生の現実を直視し、受け入れることが、悟りへの道、すなわち阿弥陀仏の浄土に生まれ変わることになると解釈できる。また宗門の教えでは、信者は阿弥陀仏の慈悲に対して受け身でなければならない。一茶はこの信仰に基づいて、自分の弱さを受け入れ、自分は煩悩に満ちた人間であると肯定したのである。

これは、自分の存在を受け容れる姿勢ともいえる。しかし、これは自己憐憫ではない。自己憐憫というものは自己の現実を直視しない、受け入れないということであり、この態度とは異なっている。「六十年踊る夜もなく過しけり」というこの句は、一茶の浄土真宗の思想に照らしてみれば、自己憐憫でも「受動的苦しみ」でもない。この句は、一茶が60年にわたるこの世の欲望を肯定し、自分を荒ぶる愚かな存在、荒凡夫として、苦しみながらも生きるということを肯定したものと解釈することができるだろう。

— 112 —

第 4 章　イェイツの「日本の詩歌を真似て」と小林一茶の哲学

◆ 3．悲劇的な笑いと自己戯画化

　さて、ここでイェイツに目を向けよう。イェイツの「日本の詩歌を真似て」について論じる前に、イェイツが1936年に『オックスフォード現代詞華集』（*The Oxford Book of Modern Verse*）を編集・出版したことに着目する必要がある。彼はこの詞華集から、戦争の悲惨さをうたったウィルフレッド・オーウェンなどの戦争詩人を「受動的な苦しみは詩のテーマとしてふさわしくない［passive suffering is not a theme for poetry］[27]」と主張して排除した。この主張、および戦争の悲惨さを扱う詩人の排除は、第一次大戦の惨禍を経験したヨーロッパにおいて、そして第二次大戦が近づく時代において、非常に不適切に思われた。この詞華集の出版に際して、イェイツの相談相手であったドロシー・ウェルズリーは次のように書いている。

　　　『オックスフォード現代詞華集』で扱う詩人の取捨選択について再検討するよう、私は彼を説得したいと強く思っていた。特に、ウィルフレッド・オーウェンを含むほぼ全ての戦争詩人を排除しようとしていたことについてだ。しかし、その点について彼は断固とした態度で「受動的な苦しみは詩の主題としてふさわしくない」、自然に対する受動的な姿勢でさえも良い詩を生み出すことはない、という考えに固執していた[28]。

彼女が予想した通り、イェイツによる戦争詩人の除外と「受動的苦しみ」を退けるという主張は大論争（主に否定的なバッシング）を引き起こした[29]。彼はウェルズリーに、「私の編纂した詞華集は売れ続け、批評家たちはますます怒り狂っている[30]」と書いている。

— 113 —

しかしそれでも、彼は主張を変えず、同じ主張をウェルズリー宛の書翰の中で繰り返したのである[31]。ウェルズリーが書いている通り、イェイツは「断固とした態度」を崩さなかった。

　また、イェイツは1928年に同様の理由でショーン・オケイシーの戯曲『銀杯』（*The Silver Tassie*）のアベイ座での上演を拒絶している。「受動的な苦しみ」に対するイェイツの考えは彼の哲学に深く根ざしており、首尾一貫しているように思われる

　イェイツの「受動的な苦しみ」への敵意は、ニーチェ哲学の影響である。イェイツがニーチェの影響を強く受けていたことは、多くの研究者が指摘しているところである[32]ので、ここでは簡単にまとめるに留める。イェイツは19世紀末からニーチェの情報に触れ始めていた[33]が、本格的に没頭し、影響を受け始めるのは1902年頃からである。1902年にイェイツはジョン・クウィンから英訳版のニーチェの著作（『ツァラトゥストラはこう言った』（*Thus Spake Zarathustra*）、『ワーグナーの場合』（*The Case of Wagner*）、『道徳の系譜』（*The Genealogy of Morals*）を送られ、目を悪くするほど読み込んだことをレディ・グレゴリーへの手紙の中で伝えている[34]。イェイツの反応に気をよくしてか、1903年にクウィンはトマス・コモン編の抜粋集『批評家、哲学者、詩人、預言者としてのニーチェ』（*Nietzsche as Critic, Philosopher, Poet and Prophet*）を、レディ・グレゴリーは『曙光』（*The Dawn of Day*）を贈っている。また1909年から1910年頃にイェイツは『悲劇の誕生』（*The Birth of Tragedy*）（初版1872年、1886年改訂、ハウスマン英訳）を入手し、それにも熱中した。

　ニーチェは、『悲劇の誕生』初版の序文では、ショーペンハウアーの悲劇論「すべての悲劇は（中略）《諦観》へと導いてくれる

第4章　イェイツの「日本の詩歌を真似て」と小林一茶の哲学

［all tragedy . . . leads to *resignation*］[35]」という理論を賞賛している。
しかし、ニーチェはその後、この本の改訂版の序文「自己批判の試
み」（"An Attempt at Self-Criticism"）で、このような思想を「生を
放棄する意志［will to disown life］[36]」として、生への意志に対する
敵意の様式として批判することになる。そして同序文でニーチェ
は、その反対の価値観を提唱した。それが「悲劇的《であろう》と
する意志［the will *to be* tragic］[37]」、つまり、英雄の運命的な最期を
喜びをもって肯定しようとする哲学的な姿勢である。イェイツの読
んだものは原文ではなくハウスマンによる英訳版だが、それにはこ
の新しい序文が収録されていた。そのため、イェイツは「悲劇的で
あろうとする意志」についてのニーチェの文章を読んだはずであ
る。イェイツの哲学では、ショーペンハウアーの「生を放棄する意
志」としての諦観が、イェイツの「受動的な苦しみ」の描写に対応
しているのだろう。

　1936年から1937年にかけて彼はニーチェを再読し、その悲劇の
哲学を再考察していたことが、伝記的研究によって明らかとなって
いる[38]。これは彼が『オックスフォード現代詞華集』を編集した時
期と重なる。イェイツはおそらくニーチェ的な思想を元に「受動的
な苦しみ」を批判したのだと思われる。

　しかし、先に触れたように、同時期に書かれた「日本の詩歌を真
似て」の最終行（"And never have I danced for joy"）は、ショーペン
ハウアー的な「生を放棄する意志」あるいは「受動的な苦しみ」で
あるように思える。そのような表現は、自らの哲学に矛盾しないの
だろうか。特に、この哲学への批判にさらされながら、それでもそ
の思想を肯定するために論陣を張っていた時期なのだから、これは
小さからぬ問題ではないだろうか。

しかし、そう考えると問題となるのが、「日本の詩歌を真似て」という詩の中最後の一行である。"And never have I danced for joy"（喜びのために踊ったことは一度もない）。これは、老後における、喜びのない人生への諦め、あるいは消極的な諦めと読むことができる。そこで疑問が浮かぶ。このようなスタンスは、「受動的な苦しみ」を拒否するイェイツ自身の哲学と矛盾するのか、しないのか、ということである。

確かに、この一行は反語的な歓びの表現と解釈もできる。つまり、「（これほどまでに）喜びのために踊ったことはない」というほどの大きな幸せを表現しているいう解釈である。しかし、この詩の元となった一茶自身の句は、そのようには読めない。先に少し触れたが、それらについて訳者のヨネ・ノグチは次のように説明している。

　　一茶の最後の俳句（注：イェイツの詩「日本の詩歌を真似て」の最終行の元となった俳句「六十年踊る夜もなく過しけり」）に私がどれほど強い感銘を受けたか。私も一茶と同じように、踊りのない五十年の歳月を過ごしてきたのだから。一茶は、私のように、趣味を聞かれたら、歩くという言葉以外に答えようがないような、貧しい人間だったのだろう[39]。

イェイツが上記の一茶の俳句をノグチの解説とともに読んだことを念頭に置けば、イェイツはこの俳句を喜びの表現として解釈したのではなく、むしろ諦念にも似たものとして受け取ったと言ってよいだろう。ノグチの用いた"Having no night / When I danced in joy"（喜びのうちに踊るような/そんな夜を過ごすことなどなしに）と

第4章　イェイツの「日本の詩歌を真似て」と小林一茶の哲学

イェイツが用いている "And never have I danced for joy"（喜びのために踊ったことは一度もない）は少し表現が異なっている。前者は喜びの踊りを「夜」に限定していることや、"danced in joy"（喜びに踊った）と、踊りを喜びに付随するものとしている一方、後者は喜びの踊りが「夜」だけでなく全くなかったと言い、そして "danced for joy"（喜びで踊った）と、喜びを踊りの原因としてロジカルに表現している。その分、イェイツの用いた表現の方が、「踊るほどの大きな喜びがなかった」という諦念が強い。そうすると、やはりこの最終行は問題となる。

　ここで、「日本の詩歌を真似て」の詩の草稿が記された書翰に視点を移そう。その書翰の中でイェイツは、「精神的なストレスによる神経過敏［mental strain］[40]」「感情の危機［emotional crisis］[41]」を抱えていると告白し、その原因を自ら分析しているが、一番に挙げられているのが、ロジャー・ケイスメントの日記「偽造」事件である。

　イェイツは、ロジャー・ケイスメントが自らの性的指向を綴った日記が英国当局によって偽造されたとするウィリアム・J・モレーニーの著書『偽造されたケイスメント日記』（*The Forged Casement Diaries*）を読んでいたのである。ケイスメントは1916年復活祭蜂起の首謀者の一人であったが、人道主義者として知られる彼に対する減刑の嘆願運動が行われていた。イェイツも嘆願を行った一人である[42]。その嘆願の声をかき消すために、英国当局は彼の同性愛行為を綴った日記を暴露した。それにより嘆願運動は勢いを失い、ケイスメントは処刑されることになったのである。

　イェイツは、ケイスメントのセクシュアリティを差別していたわけではないが、イギリス当局による偽造の可能性[43]に怒りを覚え

— 117 —

第三部：イェイツと俳句

た。イェイツは次のように書いている。

　　ケイスメントがホモセクシュアルだとして、それがどうした！
　　しかし、もし英国政府がとがめられることなく証拠を偽造でき
　　るというのなら、どんな大義名分がその身にあろうと、評判の
　　悪い者は決して安全ではありえないだろう[44]。

イェイツは後にケイスメントの処刑について「ロジャー・ケイスメ
ント」（"Roger Casement"）や「ロジャー・ケイスメントの亡霊」
（"The Ghost of Roger Casement"）という怒りの詩を書き、『新詩集』
に収録した。「奴らは偽造という策を弄して/彼の名声を黒く塗り
つ ぶ し た ［They turned a trick by forgery / And blackened his good
name］」（"Roger Casement" 7-8行目）や、「《ロジャー・ケイスメン
トの亡霊が/ドアを叩いている》［The ghost of Roger Casement / Is
beating on the door］（"The Ghost of Roger Casement" 9-10, 19-20, 29-
30, 39-40行目）というリフレインは、イェイツの激しい怒りを感じ
させる。

　イェイツに「感情の危機」をもたらしたものはそれだけではな
い。その原因として、スペイン内戦などのヨーロッパの情勢を憂慮
していたことが書翰からうかがえる[45]。さらに、『オックスフォー
ド現代詞華集』へのバッシングについても（たとえそれに完全に屈
しているわけではないにせよ）、「感情の危機」の原因のひとつに挙
げているほど、心を悩ませている様子である[46]。そして、この「感
情の危機」を「解消するため[47]」の詩情を求めながら、ずっと何も
できずにベッドに伏せていたが、ようやく前日に起き上がり、春を
称える日本の発句（俳句）の散文訳から「日本の詩歌を真似て」を

— 118 —

第4章　イェイツの「日本の詩歌を真似て」と小林一茶の哲学

創作した[48]という。

　では、この詩は彼の哲学的な信念を表現するためではなく、心を落ち着かせるための単なる娯楽だったのだろうか。同じ手紙の中でイェイツは、「私の感情の危機は、私のもっと重要な詩の一つ、『ビザンティウムへの船出』（Sailing to Byzantium）の韻律法で書く詩のテーマを与えてくれたが、私はもう少し元気になるまで、それを書くのを控えたほうがよさそうだ[49]」と書いている。「ビザンティウムへの船出」の韻律はオッターヴァ・リーマ（ottava rima）と言い、イタリア発祥のababcc韻律を持つ8行の五段組の形式で、主に擬似英雄詩で使用されている。イギリス文学史上では、バイロンが「ドン・ジュアン」（"Don Juan"）にこの形式を採用したことで知られる。イェイツも後年この形式を採用し、「学童の間で」（"Among School Children"）などに用いている。イェイツがここで語っている、この韻律法で書くことになる詩というのは、『新詩集』の冒頭に収録されることとなる詩「ガイアー」（"The Gyres"）であると思われる。この文脈から考えると、「ガイアー」は「日本の詩歌を真似て」と同じようなテーマを扱っていると考えるのが妥当であろう。

　「ガイアー」というのは、『ヴィジョン』における神秘体系の用語である。イェイツは個人の魂や文明の歴史などを、《対抗性》と《始原性》の二つの咬み合う螺旋（ガイアー）として説明する。一方の螺旋が優勢になるともう一方は衰えるが、どちらか一方になることはないというものである。詩「ガイアー」では、トロイの滅亡の様と、それを超然と見下ろして笑う様が描かれる。以下、詩「ガイアー」の冒頭部を引用する。

— 119 —

第三部：イェイツと俳句

The gyres! the gyres! Old Rocky Face, look forth;

Things thought too long can be no longer thought,

For beauty dies of beauty, worth of worth,

And ancient lineaments are blotted out.

Irrational streams of blood are staining earth;

Empedocles has thrown all things about;

Hector is dead and there's a light in Troy;

We that look on but laugh in tragic joy.（1-8 行目）

螺旋だ！螺旋だ！古き石の顔よ、見給え。
ガイアー

長い間思案されてきた事柄も、もはや顧みられることはない。

美は美ゆえ息絶え、価値は価値ゆえに滅び去り、

古代の民の容貌は穢され失われる。

不合理な血の流れが大地を穢している。

エンペドクレスはあらゆるものを撒き散らした。

ヘクトルは死に、トロイは炎上する。

それを見る我々は、悲劇的な喜びに笑うのだ。（1-8 行目）

この「ガイアー」という詩は、表面的には「日本の詩歌を真似て」
とは全く違う姿勢を示しているように見える。この詩では、語り手
は神秘体系におけるガイアーの変化、つまり文明の移り変わりとそ
の悲劇的な没落を描いている。「ヘクトルは死に、トロイは炎上す
る。/それを見る我々は、悲劇的な喜びに笑うのだ」。この対句は、
イェイツの悲劇や「悲劇的喜び」の哲学を伝えるものとして有名で
ある。イェイツは笑いをニーチェ的な「超人」の笑いとして扱って
いる。つまり、目を閉じることなく歓喜とともに奈落の底を見るこ

— 120 —

第4章　イェイツの「日本の詩歌を真似て」と小林一茶の哲学

とができる英雄の笑いである。それは詩「動揺」("Vacillation")の中の「誇らしげに、目を見開いて、笑いながら墓場に/来るような男たち[such men as come /proud, open-eyed and laughing to the tomb]」（33-34行目）の笑いである。

　ここでイェイツが言う「悲劇的な喜び」とは、このような危機に臨んだ勇敢な英雄だけのものであるだろうか。しかし、そうではない。受容と諦観は異なる。受容は肯定的な態度であるのに対し、諦観はその反対である。詩「自己と魂の対話」において、「魂」の声は人生を諦めて天上の救いを志向する（「さあ、天国に昇るがよい。/赦されるのは死者のみなのだから[That is to say, ascends to Heaven; /Only the dead can be forgiven]」（38-39行目）が、「自己」の声はニーチェの「永劫回帰」のように、穢れに満ちた不器用な人生を肯定する。

　　My Self. A living man is blind and drinks his drop.

　　What matter if the ditches are impure?

　　What matter if I live it all once more?

　　. . .

　　We must laugh and we must sing,

　　We are blest by everything,

　　Everything we look upon is blest. （41-43行目；70-72行目）

　　我が自己：生きる者は盲目であり、自らの血や汗を喰らう。

　　人生の溝が穢れていたとしてそれが何だ？

　　もう一度、すべて生きなおしたところでそれが何だ？

　　（中略）

第三部：イェイツと俳句

　　笑わねばなるまい、さあ歌わねばなるまい、
　　我らは全てに祝福されるのだ、
　　我らの目にするものすべては、祝福されているのだ。（41-43行
　　目；70-72行目）

　また、イェイツは時に、自己戯画化を通じて、人生を受け入れる
ことの別の在り方を示すことがある。彼は「塔」（"The Tower"）の
ような詩の中で、自分自身の老いを戯画化することがある。心理学
的には、自己戯画化はメタ認知のスタイルの一つで、ある対象をそ
の特徴の（しばしば滑稽なまでに）誇張することで認識する方法で
ある。自己戯画化というのは、人は自分自身を遠くから見つめて捉
えなおし、一種のユーモアの対象として表現するものである。この
ようなメタ認知のスタイルは、「感情の危機」を鎮める心理療法と
して機能することができる。さらに、ニーチェ哲学では、芸術家に
とって、それは偉大さを獲得するための方法であるとされている。
ニーチェは、イェイツの愛読書でもあった『道徳の系譜』の中で、
次のように述べている。

　　このように、それはまさに偉大な悲劇作家にふさわしいもので
　　あったろう。彼は、あらゆる芸術家と同様に、自分自身と自分
　　の芸術を自分の下に見ることを学び、自分自身を笑う方法を
　　知って初めて、最終的な偉大さの極みに達するのである[50]。

ここでニーチェは、芸術家が芸術と自己の両方を超越し、あざ笑う
ことによって、悲劇的な偉大さを獲得する手段であると述べている
のである。イェイツはこの考えに賛同している。しかし、ニーチェ

— 122 —

第4章　イェイツの「日本の詩歌を真似て」と小林一茶の哲学

を読んだ後、イェイツはスランプに陥った。しかし、自分自身を笑うことを学んだ後、彼はそれを克服したのである。

　　数年前、私は、誠実さと自己実現という教義を持つ我々の文化が、我々を優しく、受動的にしているのではないかと考え始めた。（中略）そう思うと、人生の他のことは何も見えなくなってしまった。私は予定していた劇が書けなくなってしまった。すべてがアレゴリー的になってしまったからだ。アレゴリーから逃れようとして何百ページも破り捨てたが、私の想像力は5年近くも不毛のものとなり、ついに私は自分の考えを喜劇にして嘲笑したとき、ようやくそれから逃れることができたのである[51]。

　また、イェイツは自分自身を笑うことを「悲劇的な喜び」と結びつけている。彼は「サヴィン」（"Samhain: 1904—The Dramatic Movement"）の中で次のように書いている。

　　芸術は、それ自体でないすべてのものを常に軽蔑し、自分自身の充足へと向かっていく生を求めるときに、その偉大さに達するのだ（中略）ここから、悲劇の喜びと悲劇の完全性が生まれるのだ[52]。

　この「日本の詩歌を真似て」という詩は、自嘲的な、あるいは自己戯画的な調子を持っている。イェイツは、やがて死ぬべき人間として「悲劇的な喜び」を得ることの苦しさや難しさを感じながらも、それを笑う余裕がある。これは逆説的に「悲劇的な喜び」へつ

— 123 —

ながるものであると見ることができるだろう。

◆4．いくつもの螺旋とポリフォニー

　以上、イェイツの「日本の詩歌を真似て」の詩の最終行について
述べてきた。ここで視点を詩全体に向けてみよう。すると、さらに
違ったものが見えてくるはずである。イェイツがウェルズリーに
送ったこの詩の草稿は完成稿とあまり差がない。しかし、実はこの
前に別の草稿が存在している。

He

1.　　　A most astonishing thing

2.　　　Seventy years have I lived

She

3.　　　Hurrah for the flowers of spring

4.　　　For spring is here again.

He

5.　　　Seventy years have I lived

6.　　　No ragged beggar man

7.　　　Seventy years have I livd ［*sic*］

8.　　　Seventy years man & boy

9.　　　And never have I danced for joy[53]

この草稿では各連に "He" や "She" と付されており、男性と女性
の二人の発話という多声構造（ポリフォニー）となっているのであ

第4章　イェイツの「日本の詩歌を真似て」と小林一茶の哲学

る。イェイツはノグチの3つの俳句の翻訳を一篇の詩だと誤解していたわけではなかったのだろう。

　これは二人の会話ではありながら、きちんとかみ合った対話にはなっていない。イェイツの「対話詩」によくあることだが、それぞれが自分の主張を発するものの、それぞれが相手の言葉を受けた応答にもなっていないのである。ただ、想像を許されるならば、向かい合っている男女の情景が思い浮かぶ。手を取り合って、ぎこちないながらも踊ろうとしながら対話する二人だろうか。

　この草稿では、男性が70年生きてきたことに自ら驚き、物乞いをするほどの苦難を経験しなかったという僥倖を喜んでいる。そのような僥倖を喜びながらも、これまで述べてきたように、最終行は、喜びがない人生であったことを自嘲・自己戯画化するものであり、苦難を心理的に距離を取って眺めるものである。長生きをするということは幸いなことである一方で、そこで求めていたものが得られなかった場合は、妄執が募り、自らを苛むものである。一方、女性の方は、春がまた巡り来た喜びを讃えており、その口調に暗いものはない。

　さて、この詩は先に引用した「ガイアー」という別の詩と同一のテーマを扱っているとイェイツが書いていたことを想起してほしい。詩「ガイアー」のテーマで扱われているもののひとつは「悲劇的喜び」であるが、それだけではない。イェイツの神秘体系において、《対抗性》と《始原性》はそれぞれ男性性と女性性を表す。一方が死に向かいゆく中、もう一方は若返りゆくものなのである。詩「ガイアー」ではひとつの文明が滅び、それを「悲劇的喜び」を以って高みから見下ろす様が描かれている。この詩においては、男性が老いている一方、女性が若返りゆくという構図となっているの

— 125 —

である。

　この詩の草稿にあるように、各連に"He"や"She"となっていれば、その構図は読み解きやすい。しかし、完成稿のように、女性の発話が括弧書きとなっているだけでは、この構図が見えにくくなってしまう。なぜイェイツはそのように書き替えたのだろうか。

　これはおそらく、二人の男女の対話とするよりも、ひとりの人間の中に存在する男性性と女性性の内的対話としたかったのではないだろうか。イェイツはウェルズリーへの手紙の中で自らの中の女性性について、また彼女の中の男性性について語っていた。

　　　親愛なるあなた、親愛なるあなた、あなたが少年のような動き
　　　で部屋を横切ったとき、あなたを見つめていたのはひとりの男
　　　性ではなく、私の中の女性だった。今の私はかつてないほど、
　　　その女性に自分自身を表現させることができるようだ。私は彼
　　　女の目で物事を見てきた。私は彼女の欲望を共有してきたの
　　　だ[54]。

これはある意味ユング的な見方でもある。レズビアンであったウェルズリーについて語るイェイツの論じ方は、今日のセクシュアリティの考え方からすると必ずしも適切でないが、興味深い。ひとりの人間の中に相対立するふたつの異なる力がせめぎ合っているというのが、イェイツの基本的な人間観である。とするならば、完成稿のように書き直すことで、老いたひとりの男の中に存在する、若々しさを描いたことにもなる。

　イェイツの神話体系におけるふたつの異なる力は、固定されたものではない。ひとつの螺旋の中にも、さらに二つの相対する螺旋が

存在している。ここで、"Seventy years man and boy" という、一茶の原文にもノグチ訳にない部分に目を留めてみよう。70 年の間、大人であると同時に少年であったというこの部分は、老いゆく男性の中にさえ、老いと若さの相反する力が存在していることをうたっているのだ。

　ノグチは一茶の俳句を並べて訳すことで、そこに、同時期の日本で盛り上がりを見せていた連作俳句のような、一句を超えた文脈を創り出した[55]。それは複数の声を持つ多声構造となる。それにイェイツが反応した部分も大きいだろう。その末尾に置かれた句の痛ましいトーンに重心を置きつつも、イェイツは一旦それを男性と女性の（対話にならない）対話詩として構成しようとした。後にイェイツはそれを、ひとりの人間の中の相反する力のせめぎ合い、老いゆくものと若返りゆくものの対立として描いた。そうしながらも、イェイツは意識的か無意識的か、老いゆく男性の中にさえ、さらに老いと若さの相反する力が存在していることを書き込んだのである。この部分こそ、この作品がノグチ訳一茶の単なる剽窃に留まらない、イェイツの創造的誤読であると言えよう。

◆ 5. まとめ

　以上のように、本章ではイェイツと一茶の哲学と哲学的スタンスについて論じた。この詩「日本の詩歌を真似て」の最終行は、一茶が60歳の時に作った俳句のノグチ訳から引用されている。この句は、老いと人生に対する苦渋を表している。しかし、一茶は同じ年の句帖で、たとえ無様でも「荒凡夫」として生き抜くと宣言している。浄土真宗の教えでは、阿弥陀仏の慈悲に対して「受動的」になることで、自分の生に向かい合い肯定する姿勢を持つことができ

第三部：イェイツと俳句

る。一茶はこの信仰に生き、俳句作品を詠んだのである。

　一方「受動的苦しみ」を嫌うニーチェの思想に影響を受けたイェイツだったが、その一茶の俳句を自分の作品のモデルとして取り入れた。ノグチが紹介していたようにイェイツはそれらの一茶の句を老いの自己戯画化だとして受け取ったが、その自己戯画化は自分の抱える苦しみを相対化する作業でもある。また、たとえ自己戯画化しても、自分の抱えた苦しみを見つめることができ、それを積極的に受容できるのならば、それは「受動的苦しみ」ではない。

　さらに、この詩「日本の詩歌を真似て」は、詩「ガイアー」と共通のテーマを扱っている。詩「ガイアー」では文明の滅亡と勃興を「悲劇的喜び」を以って見つめる詩である。「日本の詩歌を真似て」の草稿では、男女の対話として書かれており、老いゆく男性と若返りゆく女の対比構造となっている。それを完成版にするにあたってイェイツは、男女の会話ではなく内的対話とした。それにより、ひとりの人間の中にも老いゆくものと若返りゆく相反する力があるとした。また、大人であると同時に少年であったという原文にないものを加えることによって、それにさらなる深みを増すことになったのである。

　一茶とイェイツ、二人の詩人の哲学は異なるが、いずれも老いの苦しみを含む人間の生を受け入れ、肯定する力を持っているのである。

　注

1)　*DWL,* 128. 正確には一茶の句は「発句」であり、ノグチやイェイツも "*hokku*" と書いているが、便宜上本稿では「俳句」の語を用いる。堀まどかの研究によれば、ノグチは海外向けには、自然感応の詩的第

第4章　イェイツの「日本の詩歌を真似て」と小林一茶の哲学

一声という側面を重視しつつ "*hokku*" と書き、それを自分で日本語訳して出版する際は「俳句」と直していたようである（堀まどか、「野口米二郎の英国講演における日本詩歌論：俳句、芭蕉、象徴主義」『日本研究：国際日本文化研究センター紀要』32. (2006) 41）。

2 ）　Earl Miner, *The Japanese Tradition in British and American Literature* (Princeton: Princeton University Press, 1958) 251.

3 ）　*CW1,* 681-82.

4 ）　Yone Noguchi, "A Proposal to American Poets," *Reader.* 3:3. (1904) 248.

5 ）　*Ibid.*

6 ）　堀まどか, 73.

7 ）　Noguchi, "A Proposal," 248.

8 ）　Yone Noguchi, ed. Hakutanni, Yoshinobu. *Selected English writings of Yone Noguchi : an East-West literary assimilation. Vol. 2* (London: Fairleigh Dickinson University Press, 1992) 58.

9 ）　*Ibid.,* 78.

10）　*Ibid.,* 73.

11）　Yone Noguchi, *Japanese Hokkus.* Shunsuke Kamei Ed. *Collected English Works of Yone Noguchi : Poems, Novels and Literary Essays. Vol. 5.* Tokyo: Editon Synapse, 2007. (Tokyo: Editon Synapse, 2009) 17.

12）　Yone Noguchi, "Hobby" *The Adelphi 11:2* (1935) 107.

13）　Noguchi, "Hobby," 106-07.

14）　Edward Marx, "Yone Noguchi in W. B. Yeats's Japan (2) : Hokku," 『愛媛大学法文学部論集人文学科編』19. (2005) 118; "Nō Dancing: Yone Noguchi in Yeats's Japan," *Yeats Annual 17* (Basingstoke: Palgrave, 2007) 83.

15）　小林一茶, 『一茶全集：3 巻』（信濃毎日新聞社, 1977) 143.

16）　*Ibid.*

17）　一茶, 『一茶全集：4 巻』（信濃毎日新聞社, 1977) 383.

18）　Marx , "Hokku," 122; Marx, "Nō Dancing," 86.

19）　*Ibid.*

20）　この一茶の「荒凡夫」という考えは後に金子兜太に再発見され、彼

に大きな影響を与えたものでもある。金子兜太，『荒凡夫一茶』（白水社，2012）など参照。

21)　一茶，『一茶全集：4巻』, 333.

22)　黄色瑞華，『一茶の世界：親鸞教徒の文学』（高文堂出版社, 1997）.

23)　金子大栄編『歎異抄』（岩波書店, 1982）54-55.

24)　千葉乗隆訳注『新版歎異抄：現代語訳付き』（角川書店　角川ソフィア文庫, 2001）85-86.

25)　中村元，早島鏡正，紀野一義訳注『浄土三部経　上』（岩波書店, 1963）163-64.

26)　浄土宗，『新纂浄土宗大辞典』Online.〈http://jodoshuzensho.jp/daijiten/index.php〉「歎異抄」para. 1.

27)　*OBMV*, xxxiv.

28)　*DWL 21.*

29)　Joseph Hone, "A Letter from Ireland," *Poetry.* 49: 6（Poetry Foundation, 1937）332-336.

30)　*Ibid.,* 124.

31)　*Ibid.*

32)　Cf. Harold Bloom, *Yeats*（New York: Oxford University Press, 1970）; *The Anxiety of Influence: A theory of Poetry*（New York: Oxford University Press, 1973）; Dennis Donohue, *Yeats: Fontana Modern Masters,* eds. Frank Kermode（London: Fontata, 1971）; Otto Bohlman, *Yeats and Nietzsche: An Exploration of Major Nietzschean Echoes in the Writings of William Butler Yeats*（London: Macmillan, 1982）; Frances Nesbitt Oppel, *Mask and Tragedy: Yeats and Nietzsche, 1902-10*（Charlottesville: University Press of Virginia, 1987）などがある。

33)　1896年、ハヴロック・エリスは雑誌『サヴォイ』（*The Savoy*）の第2号から3回にわたり、ニーチェ紹介記事を発表した。この連載は、全3回連載合計37ページにわたる解説である。また『サヴォイ』第4巻の巻末には広告として、後にイェイツも手にすることになるアレクサンダー・タイルの英訳ニーチェ著作集の広告が掲載されていた。

第 4 章　イェイツの「日本の詩歌を真似て」と小林一茶の哲学

イェイツがこれらを目にしていたことは間違いない。そして、エリスの初回連載から 1 号遅れて、イェイツは「ウィリアム・ブレイクと『神曲』の挿絵」（"William Blake and his Illustrations to The Divine Comedy"）という連載を 3 回掲載し、後にエッセイ集『善悪の観念』（*The Idea of Good and Evil*）として 1902 年に出版した。このエッセイにはブレイクとニーチェを関連づけた記述があり、これがイェイツの最も古いニーチェ関連の記述とされることもあるが、実はこの記述は『サヴォイ』での連載版にはない。

34）　*L, 379.*

35）　Friedrich Nietzsche, William A Haussmann trans., *The Birth of Tragedy: or, Hellenism and Pessimism*（London: T. N. Foulis, 1909）11.

36）　*Ibid.,* 7.

37）　*Ibid.*

38）　*YP,* 623.

39）　Noguchi, "Hobby," 107.

40）　*DWL,* 127.

41）　*Ibid.,* 128.

42）　小関隆,『アイルランド革命 1913-23――第一次世界大戦と二つの国家の誕生』（岩波書店, 2018）104.

43）　現在では、日記が偽造されたという説は否定されている。

44）　*DWL,* 141.

45）　*Ibid.,* 128.

46）　*Ibid.,* 127.

47）　*Ibid.,* 128.

48）　*Ibid.*

49）　*Ibid.*

50）　Friedrich Nietzsche, William A. Haussmann and John Gray trans., *A Genealogy of Morals*（London: Macmillan, 1924）132-33.

51）　*CW5,* 10.

52）　*Ex,* 169-70.

第三部：イェイツと俳句

53) *NP-MS*, 41.

54) *DWL*, 118.

55) これは同時期の日本の新興俳句運動における「連作俳句」を思わせる。1921年頃から連作俳句についての議論はあったが、一般的には斎藤茂吉の『赤光』に影響を受けた山口誓子や、窪田空穂の連作短歌によって影響を受けた水原秋櫻子によって始められたという。特筆すべきものとして、1934年、日野草城の連作俳句「ミヤコ・ホテル」がある。新婚の妻との初夜を想像して書いたこの連作俳句は当時大きな論争を巻き起こすこととなった。1931年から1935年にかけての新興俳句運動の初期が最盛期とされるが（稲畑汀子，大岡信，鷹羽狩行監修『現代俳句大事典』（三省堂，2005）607）、これはノグチの一茶の翻訳およびイェイツの「日本の詩歌を真似て」の発表時期に近い。

主要参考文献

〈イェイツの作品（本文の注では略語で示す）〉

CW1: The Poems. Ed. Richard J. Finneran. *The Collected Works of W. B. Yeats: Volume I.* New York: Scriber, 1983.

CW2: The Plays. Ed. David R. Clark and Rosalind E. Clark. *The Collected Works of W. B. Yeats. Volume II.* New York: Scribner, 2001.

CW3: Autobiographies. Ed. William H. O'Donnell et al. *The Collected Works of W. B. Yeats. Volume III.* New York: Scribner, 1999.

CW4: Ed. Richard J. Finneran and George Bornstein. *Early Essays. Collected Works of W. B. Yeats. Volume IV.* New York: Scribner, 2007.

CW5: Ed. William H. O'Donell. *Later Essays. Collected Works of W. B. Yeats. Volume V.* New York: Scribner, 1994.

CW13: Ed. Catharine E. Paul and Margaret Mills Harper. *A Vision, The Original 1925 Version. Collected Works of W. B. Yeats. Volume XIII.* New York: Scribner, 2008.

CW14: Ed. Catharine E. Paul and Margaret Mills Harper. *Collected Works of W. B. Yeats. Volume XIV: A Vision, The Revised 1937 Version.* New York: Scribner, 2015.

YP: Yeats's Poems, Ed. A. Norman Jeffers. London: Macmillan, 1989.

Ex: Exportations. London: Macmillan, 1962.

SR: The Secret Rose, Stories by W. B. Yeats: A Variorum Edition. Second Edition. Ed. Warwick Gould, Phillip L. Marcus and Michael J. Sidnell. London: Palgrave Macmillan, 1991.

FPD: Four Plays for Dancers. London: Macmillan, 1920.

L: The Letters of W. B. Yeats. Ed. Allan Wade. London: Rupert Hart-Davis,1954.

DWL: W. B. Yeats and Dorothy Wellesley, *Letters on Poetry from W. B. Yeats to Dorothy Wellesley.* London: Oxford University Press, 1940.

BIV: Ed. W. B. Yeats. *The Book of Irish Verse.* 1895. Introduction. John Banville. London: Routledge, 2002.

OBMV: Ed. W. B. Yeats. *The Oxford Book of Modern Verse, 1892-1935.* Oxford: Clarendon Press, 1936.

WS-MS: Ed. Stephen Parrish. *The Wild Swans at Coole: Manuscript Materials.* Ithaca, NY: Cornell University Press, 1994.

DB&C-MS. Ed. Wayne Chapman. *The Dreaming of the Bones and Calvary: Manuscript Materials.* Ithaca, NY: Cornell University Press, 2003.

NP-MS: Ed. James C. C. Mays and Stephen Maxfield Parrish. *New Poems: Manuscript Materials.* Ithaca, NY: Cornell University Press, 1994

YVP1: Ed. Steve Adams, Barbara Frieling, and Sandra Sprayberry. *Yeats's Vision Papers Volume I The Automatic Script: 5 November 1917–18 June 1918.* London: Macmillan, 1992.

NP: Yeats' Noh Plays. Argos Record Company. 1965. 〈https://archive.org/details/ lp_yeats-noh-plays-record- 1 _william-butler-yeats〉

References

〈英語文献〉

Arrington, Lauren. "Fighting Spirits: W. B. Yeats, Ezra Pound, and the Ghosts of The Winding Stair（1929）." *Yeats's Legacies: Yeats Annual.* 21.（2018）, 269-94.

A［tkinson］, S［arah］. "The Rapt Culdee." *Irish Monthly.* 17.187.（January, 1889）, 21-35.0

Bender, Abby. *Israelites in Erin: Exodus, Revolution, and the Irish Revival.* Syracuse, NY: Syracuse University Press, 2015.

Binyon, Laurence. *Painting in the Far East.* London: Edward Arnold, 1908.

Chadwick, Joseph. "Family Romance as National Allegory in Yeats's Cathleen ni Houlihan and The Dreaming of the Bones." *Twentieth Century Literature.* 32.2.（Summer, 1986）, 155-168.

Chapman, Wayne K. *Something That I Read in a Book. W. B. Yeats's Annotations at the National Library of Ireland. Vol. I. Reading Notes.* Clemson University Press, 2022.

Defence Forces Ireland (Óglaigh na hÉireann). Bureau of Military History. ⟨https://www.militaryarchives.ie/collections/online-collections/bureau-of-military-history-1913-1921/⟩

de Gruchy, John. "An Ireland of the East: W. B. Yeats's Japan." 『鹿児島純心女子短期大学研究紀要』37. (2007), 189-99.

Devoy, John. *Recollections of an Irish Rebel.* New York: Chase D. Young Company, 1929.

Donoghue, Denis. *Yeats.* London: Fontana, 1971.

Fenollosa, Ernest. *An Outline of the History of Ukiyoye: Illustrated with Twenty Reproductions in Japanese Wood Engravings.* In Seiichi Yamaguchi Ed. *Ernest Francisco Fenollosa: Published Writings in English.* Vol. 2 Tokyo: Editon Synapse, 2009.

Fenollosa, Mary McNeil. *Hiroshige, the Artist of Mist, Snow and Rain.* In Seiichi Yamaguchi Ed. *Ernest Francisco Fenollosa: Published Writings in English. Vol. 3* Tokyo: Editon Synapse, 2009.

Golden, Sean. "The Ghost of Fenollosa in the Wings of Abbey Theatre." Sean Golden Ed. *Yeats and Asia: Overviews and Case Studies.* Cork: Cork University Press, 2020. 153-68.

Hanrahan, Colleen. "Acting in *The Dreaming of The Bones.*" In Masaru Sekine and Christopher Murray, *Yeats and the Noh: A Comparative Study.* Gerrard Cross: Colin Smythe, 1990. 128-36.

Hart, Aoife Assumpta. *Ancestral Recall: The Celtic Revival and Japanese Modernism.* Montreal: McGill Queens University Press, 2016.

Harutani, Yoshinobu. *East-West Literary Imagination: Cultural Exchanges from Yeats to Morrison.* Columbia, Missouri: University of Missouri Press, 2018.

Haswell, Janis. "Resurrecting Calvary: A Reconstructive Interpretation of W. B. Yeats's Play and Its Making," *Yeats Annual.* 15. (2002), 159-89.

Holloway, Joseph. Robert Hogan and Micharl J. O'Neill eds. *Joseph Holloway's*

Irish Theatre. Vol. 1. Newark, Delaware: Prscenium Press, 1968.

Hone, Joseph. "A Letter from Ireland," *Poetry.* 49: 6. (1937), 332-336.

Jeffers, Norman. A. and Knowland, A. S. *A Commentary on The Collected Plays of W. B. Yeats.* Stanford: Stanford University Press, 1975.

Levin, Gerald. "The Yeats of the *Autobiographies:* A Man of Phase 17" *Texas Studies in Literature and Language.* 6:3. (1964), 398-405.

Mann, Neil. *A Reader's Guide to Yeats's A Vison.* Clemson, South California: Clemson University Press, 2019.

Marx, Edward. "Yone Noguchi in W. B. Yeats's Japan（2）: Hokku" 『愛媛大学法文学部論集人文学科編』19.（2005), 09-34.

---. "Nō Dancing: Yone Noguchi in Yeats's Japan," *Yeats Annual.* 17.（2007）51–93.

McGarry, Feargal. *The Rising: Ireland: Easter 1916.* London: Oxford University Press. 2017.

McHugh, Roger and Yeats, William Butler. "W. B. Yeats: Letters to Rev. Matthew Russell, S.J." In *The Irish Monthly.* 81.955. (March, 1953), 111-115.

Miner, Earl. *The Japanese Tradition in British and American Literature.* Princeton: Princeton University Press, 1958.

Moore, John Rees. *Masks of Love and Death: Yeats as Dramatist.* Ithaca, Cornell University Press, 1971.

Moran, James. *Staging the Easter Rising: 1916 as Theatre.* Cork: Cork University Press, 2005.

Morash, Christopher. "Bewildered Remembrance: W. B. Yeats's *The Dreaming of the Bones* and 1916." *Field Day Review.* 11. (2015), 121-136.

Newsinger, John. "'I Bring Not Peace but a Sword': The Religious Motif in the Irish War of Independence." *Journal of Contemporary History.* 13.3. (July, 1978), 609-628.

Nietzsche, Friedrich. *A Genealogy of Morals.* Trans. William A［lexander］. Haussmann. and John Gray. London: Macmillan, 1924.

---. *The Birth of Tragedy: or, Hellenism and Pessimism.* Trans. William A[lexander]. Haussmann. London: T. N. Foulis, 1909.

Noguchi, Yone. *Hiroshige.* Shigemi Inaga Ed. *Collected English Works of Yone Noguchi II: Books on Ukiyoe and Japanese Arts in English.* Vol. 1. Tokyo: Editon Synapse, 2009.

---. *The Spirit of Japanese Art.* Shunsuke Kamei Ed. *Collected English Works of Yone Noguchi : Poems, Novels and Literary Essays. Vol. 2.* Tokyo: Editon Synapse, 2007.

---. *Japanese Hokkus.* Shunsuke Kamei Ed. *Collected English Works of Yone Noguchi : Poems, Novels and Literary Essays.* Vol. 5. Tokyo: Editon Synapse, 2007.

---. "A Proposal to American Poets." *Reader.* 3:3. (1904), 248.

---. "Hobby." *The Adelphi* 11:2 (1935), 106-111.

Ó Fiaich, Tomás. "The Irish Bishops and the Conscription Issue, 1918." *Seanchas Ardmhacha: Journal of the Armagh Diocesan Historical Society.* 27.1. (2018-2019), 79-106.

Oppel, Frances Nesbitt. *Mask and Tragedy: Yeats and Nietzsche, 1902-10.* Charlottesville: University Press of Virginia, 1987.

O'Shea, Edward. *A Descriptive Catalog of W .B. Yeats's Library.* New York: Garland, 1985.

Oshima, Shotaro. *W. B. Yeats and Japan.* Tokyo: Hokuseido Press, 1965.

Perloff, Marjorie. "Yeats and Goethe" *Comparative Literature* 23:2. (1971),125-140.

Poulain, Alexandra. "Living with Ghosts: Re-inventing the Easter Rising in The Dreaming of the Bones and Calvary." *The Yeats Journal of Korea.* 52. (October, 2017), 17-39.

Rafferty, Oliver P. "The Church and the Easter Rising." *An Irish Quarterly Review.* 105.417. (Spring 2016), 47-57.

Schmitt, Natalie Crohn. "'Haunted by Places': Landscape in Three Plays by W. B. Yeats." *Comparative Drama.* 31.3. (Fall 1997), 337-366.

主要参考文献

Sekine, Masaru and Murray, Christopher. *Yeats and the Noh: A Comparative Study.* Gerrard Cross: Colin Smythe, 1990.

Stephens, James. *The Insurrection in Dublin.* Dublin: Maunsel, 1916.

Vendler, Helen. *Yeats's Vision and the Later Plays.* Cambridge, MA: Harvard University Press, 1963.

〈日本語文献〉

荒井献『ユダのいる風景』岩波書店、2007年。

稲畑汀子、大岡信、鷹羽狩行監修『現代俳句大事典』三省堂、2005年。

上野格、森ありさ、勝田俊輔編『アイルランド史（世界歴史大系）』山川出版社、2018年。

大貫隆編著『イスカリオテのユダ』日本キリスト教団出版局、2007年。

黄色瑞華『一茶の世界：親鸞教徒の文学』高文堂出版社、1997年。

金子大栄編『歎異抄』岩波書店、1982年。

金子兜太『荒凡夫一茶』白水社、2012年。

小島烏水『小島烏水全集13』大修館書店、1984年。

小関隆『アイルランド革命 1913-23——第一次世界大戦と二つの国家の誕生』岩波書店、2018年。

小林一茶『一茶全集：第3巻』信濃毎日新聞社、1977年。

---.『一茶全集：第4巻』信濃毎日新聞社、1977年。

浄土宗『新纂浄土宗大辞典』Online.〈http://jodoshuzensho.jp/daijiten/index. php〉

千葉乗隆訳注『新版歎異抄：現代語訳付き』角川書店（角川ソフィア文庫）、2001年。

デイヴィス、ノーマン『アイルズ：西の島の歴史』別宮貞徳訳　共同通信社、2006年。

中村元、早島鏡正、紀野一義訳注『浄土三部経　上』岩波書店、1963年。

野口米次郎『六大浮世絵師』岩波書店、1919年。

フォン・ゲーテ、ヨハン・ヴォルフガング『詩と真実：第一部』山崎章甫訳　岩波書店、1997年。

堀まどか『「二重国籍」詩人野口米次郎』名古屋大学出版会、2012年。

---.「野口米二郎の英国講演における日本詩歌論：俳句、芭蕉、象徴主義」
『日本研究：国際日本文化研究センター紀要』32号（2006年）、39-81頁。

山崎弘行『イェイツとオリエンタリズム：解釈学的立場から』近代文芸社、1996年。

あとがき

1.

　アイルランド独立戦争（1919〜1921年）の最中、イェイツは
「1919年」（"Nineteen Hundred and Nineteen"）という詩を書いた。
そこには次のような一節がある。

> Some moralist or mythological poet
>
> Compares the solitary soul to a swan;
>
> I am satisfied with that,
>
> Satisfied if a troubled mirror show it,
>
> Before that brief gleam of its life be gone,
>
> An image of its state;

> あるモラリスト、あるいは神話詩人が
>
> 孤独な魂を白鳥としてうたった。
>
> 私はこの比喩が好きだ。
>
> もし、はかない生命の微かな光が消えゆく前に
>
> 乱れた水の鏡に、その魂の姿を
>
> 目に見えるように映すことができるのなら。

本書のタイトル『白鳥と鏡』はここから取られた。イェイツは、も
のごとを忠実に写す／映す写実主義を「鏡」として嫌ったことで知
られる。しかし、対象をおぼろげに写す／映す「乱れた鏡」はその
限りではなかった。彼は「乱れた鏡」を自然主義的なものではな

く、むしろ真実をおぼろげに見せるヴェールのようなものとして用いた。

　アイルランド独立期、自らのアイデンティティが問われる中、彼は日本文化に強い関心を寄せた。彼は日本文化に強く影響を受けるというよりもむしろ、自分自身を見つめなおすための素材として、それらを用いたように思われる。情報が限られていた時代的制約もあり、イェイツが触れることができた日本というものは、「乱れた水の鏡」のようなものだったかもしれない。しかしそれは、まぎれもなく、彼の「魂の姿」を映すために必要なものだった。その白鳥の羽毛のひとつ、あるいは水の鏡の飛沫のひとつでも迫ることが、私の生あるうちの願いである。

2.

　本書はJSPS科学研究費補助金基盤研究（C）20K00393「日本文化の受容によるアイルランド作家イェイツのナショナル・アイデンティティの形成」の助成を受けて遂行された研究成果をもとにし、刊行されるものである。また、本書の第一〜三章は『城西大学語学研究センター研究年報』に掲載された日本語論文に、第四章は『城西人文研究』に掲載された英語論文に大幅に加筆修正を加えたものである。初出は以下である。

・「雪と炎の"simplicity"──イェイツはヨネ・ノグチ『広重』をどう読んだのか」（『城西大学語学教育センター研究年報』第16号　2024年3月）

・「共に罪深き我らのために──W. B. イェイツの『骨の夢』における幽霊と若者を結ぶものについて」（『城西大学語学教育センター研究年報』第15号　2023年3月）

あとがき

・「民族主義者か超人か―― W. B. イェイツのイスカリオテのユダ
　観とその変遷につい て」（『城西大学語学教育センター研究年報』
　第 12 号　2020 年 3 月）

・ "W. B. Yeats's 'Imitated from the Japanese' and the Philosophy of
　Kobayashi Issa"（『城西人文研究』第 35 号　2021 年 3 月）

3.

　本書を閉じるにあたって、個人的なことについて少し語らせてい
ただきたい。20 歳になった頃、母方の祖母の姉が書いた自伝のよ
うなものを読む機会があった。母方は熊本県の天草の出身である。
その自伝を読んで、母方の家系が天草の隠れキリシタンの流れを汲
んでいることを知った。それまで「いわゆる普通の日本人」なる存
在しない存在に自分を仮託してきた若者であった自分にとって、
「いわゆる普通の日本人」と先祖の歴史が一致しないことに衝撃を
覚えた。もちろん、隠れキリシタンだけに限らずとも、それぞれの
地域にはそれぞれの地域の共同体やその歴史がある。その時はそん
な簡単なことすら思い至らないほどに、ひたすら無知であっただだ
けなのだが、その時は一時期思い悩んだものだ。

　それからしばらくは天草や天草島原一揆、隠れキリシタンなどに
ついて調べていたが、移民の記録を読んだり、出土した銃弾で作ら
れた十字架などの写真を見ては嘔吐していた。その時のナイーブす
ぎた自分には直視できなかったのだ。ちょうど世間は 9・11 の同時
多発テロ以降の、いわゆる「文明の衝突」なるものが騒がれていた
時期だった。

　そんな中、熊本県立大学の小辻梅子先生を通して、アイルランド
という国とイェイツという作家を知ることになる。宗教、戦争やテ

あとがき

ロリズム、国家の分断あるいは国家の創造、ネイション、移民、などなどをまとめて考えられる場所がアイルランドであり、それらを見通せると思えた作家がイェイツだった。独立期および南北分断期のアイルランドにおいて、アングロ＝アイリッシュとしてのアイデンティティの葛藤を抱えながら創作活動を行なった彼の作品は、私にとって、一生の研究課題にするに値するものであった。加えて、北九州市立大学の市民講座で木原謙一先生の講義を聴講する幸運にも恵まれた。木原謙一先生の著書からは、木原誠先生の著書とともに大きな影響を受けた。

　また奇しくも熊本大学から熊本県立大学に移籍して来られた樋口康夫先生に英詩を教わる機会に恵まれ、英詩に強い興味を持つようになる。その樋口先生や、熊本学園大学の堀正広先生に誘われて、熊本大学のリチャード・ギルバート先生の研究室に足を運ぶと、そこは英語や日本語の現代俳句を翻訳したり研究したりするチームの立ち上げの場であった。ちょうど、東京の『祭演』を率いていた森須蘭先生（とここでは呼ばせてください）と、熊本の『霏霏』の主宰の星永文夫先生のもとで俳句を学んでいた私は、このチームの研究に魅了された。そして研究チームに出入りするようになった私は、大学院の修士課程および博士課程をギルバート先生の研究室で過ごすことになる。当時歩いて10分以内の家に住んでいたギルバート先生の家や研究室をもう一つの家のようにして、ひたすら入り浸っていた学生時代だった。

　熊本大学では隈元貞弘先生や大野龍浩先生、里見繁美先生らに多くを教わった。ひたすらに生意気だったかつての自分を恥じるとともに、当時の恩師たちの寛大さに感謝したい。夏目漱石だけでなく、ラフカディオ・ハーン（小泉八雲、後に日本で初めてアイルラ

ンド文学を講義）や厨川白村（日本で初めて本格的なアイルランド
文学の論文を執筆）らが教鞭を取った第五高等学校の流れを汲む熊
本大学で学ぶことができた幸運を思う。熊本には、そのハーンの縁
で結成された熊本アイルランド協会という団体がある。里見先生の
紹介でその熊本アイルランド協会に入会し、そこでも多くを学ぶ機
会を得た。また、里見先生からは、後に再会した際に素晴らしい編
集者を紹介していただくことになる。

4.

　本書における、日本文化とイェイツの関係、特に彼のネイション
意識と宗教的・哲学的思想についての研究というのは、そのような
個人的な問題意識や背景に負っている。また、注や参考文献には一
部しか載せることが叶わなかったが、多くの先行研究に負ってい
る。そして何よりも、私はさまざまな人に助けられてここに存在し
ている。その一つひとつに謝辞を記すと紙幅が足りないので、一部
だけ挙げる形としたい。

　まず、両親や家族に感謝をしたい。あなたたちのおかげで私は存
在している。両親には本当にさまざまな点で苦労をかけることに
なったことも、合わせてお詫びをしたい。先に名前を挙げた先生方
だけでなく、直接・間接問わず多くを教わった、数多くの先生方。
社会人として未熟な私を励まし育ててくださった株式会社慧文社の
中野淳社長。大学の教壇に立つという夢を思い出させてくださった
大島一彦先生。現在の本務校で温かく迎えてくださった小堀隆司先
生。これからもその背中を追いかけて、研究や教育に精進を重ねて
いきたい。そして本書の編集と刊行に携わっていただいた開文社出
版株式会社の丸小雅臣社長。丸小さんは私が学生や専業非常勤講師

あとがき

だったときから覚えていていただいたことにも感謝をしたい。そして最後に、本書を手に取っていただいた、読者に感謝をしたい。

2024年12月

伊東裕起

索引

[ア]

アーネスト・フェノロサ（Ernest Francisco Fenollosa）　v, 6, 16, 29, 62

IRB（Irish Republican Brotherhood）　46, 58

『アイリッシュ・マンスリー』（*Irish Monthly*）　56-57

アイルランド独立戦争　iii-iv, 35-36, 48, 63, 140

アイルランド内戦　iv, 36, 63

「赤毛のハンラハンの幻」（"The Vision of the Hanrahan the Red"）改題「ハンラハンの幻」（"Hanrahan's Vision"）　65-66

悪のヴィジョン（『ヴィジョン』における概念）　25, 31-32

『アデルフィ』（*Adelphi*）　103

アベイ座　6, 37, 58, 63, 114

「アメリカ詩人への提言」（"A Proposal to American Poets"）　101-02

アルトゥール・ショーペンハウアー（Arthur Schopenhauer）　114-115

アンソニー・ラフタリー（Anthony Raftery）　4, 7

[イ]

伊藤道郎　35

「イニスフリーの湖島」」（"The Lake Isle of Innisfree"）　103

Individuality（『ヴィジョン』における概念）　vi, 87-91, 94-95

[ウ]

『ヴィジョン』（*A Vision*）　v-vi, 7-9, 14, 16, 18-21, 24-26, 31-32, 39, 78, 80-81, 83-85, 87, 89, 91-93, 95, 119

『ヴィスヴァ＝バラティ・クオータリー』（*Visva-Bharati Quarterly*）　103-04

ウィリアム・ブレイク（William Blake）　7, 131

索引

「ウィリアム・ブレイクと『神曲』の挿絵」（"William Blake and his Illustrations to
　　The Divine Comedy"）　131
ウィリアム・モリス（William Morris）　19-21
Will（『ヴィジョン』における概念）　19, 87, 95
『ヴェールの揺らぎ』（*The Trembling of the Veil*）　20, 25, 31
ウォルター・サヴェージ・ランダー（Walter Savage Landor）　19-21
『浮世絵と風景画』　16-18
歌川広重　vi, 6, 8-18, 25-26, 29

[エ]

エイモン・デ・ヴァレラ（Éamon de Valera）　36
エズラ・パウンド（Ezra Pound）　v, 31, 62, 100, 102
エドワード・ブルース（Edward Bruce）　48
『エマーのただ一度の嫉妬』（*Only Jealousy of Emer*）　72
江森月居　100

[オ]

尾島庄太郎　27
オスカー・ワイルド（Oscar Fingal O'Flahertie Wills Wilde）　12, 29
『オックスフォード現代詞華集』（*The Oxford Book of Modern Verse*）　113, 115, 118
『踊り子のための四つの戯曲』（*Four Plays for Dancers*）　13, 65, 72
オリバー・セイント＝ジョン・ゴガティー（Oliver St. John Gogarty）　46

[カ]

カール・グスタフ・ユング（Carl Gustav Jung）　126
ガイアー（『ヴィジョン』における概念）　119-20
「ガイアー」（"The Gyres"）　119-20, 125, 128
『杜若』　100
「学童の間で」（"Among School Children"）　119
「亀戸天満宮境内雪」　28
『カルヴァリ』（*Calvary*）　vi, 13-14, 71, 73, 75-79, 83-88, 91

— 147 —

索引

[キ]

「木曽路之山川」 14-17

『偽造されたケイスメント日記』（*The Forged Casement Diaries*） 117

キャスリーン・ニ・フーリハン 44-45

『極東の絵画』（*Painting in the Far East*） 6, 29

『霧と雪と雨の芸術家、広重』（*Hiroshige, the Artist of Mist, Snow and Rain*） 29

『銀杯』（*The Silver Tassie*） 114

[ク]

Creative Mind（『ヴィジョン』における概念） 80

クレメント・ショーター（Clement Shorter） 35

[ケ]

ゲオルク・ヴィルヘルム・フリードリヒ・ヘーゲル（Georg Wilhelm Friedrich Hegel） 9

[コ]

小島烏水 15-17

小林一茶 vi-vii, 101, 103-04, 106-09, 112, 116, 127-29, 132

[サ]

「サヴィン」（"Samhain: 1904—The Dramatic Movement"） 123

『サヴォイ』（*The Savoy*） 130-31

佐藤醇造 25

[シ]

ジークムント・フロイト（Sigmund Freud） 42

GPO（中央郵便局） 46, 50-51, 59

ジェイムズ・コノリー（James Connolly） 47-48

ジェイムズ・マクニール（James McNeill） 37

《始原性》（『ヴィジョン』における概念） 9, 14, 81-83, 89, 119, 125

— 148 —

索引

「自己と魂の対話」（"A Dialogue of Self and Soul"）　9, 25, 108, 121-22

『自叙伝』（Autobiographies）　20

『七番日記』　104, 106-07

自動筆記　v-vi, 31, 79-84, 91-93

『詩と真実』（From my Life: Poetry and Truth）　74

『詩に関するドロシー・ウェルズリー宛イェイツ書翰集』（Letters on Poetry from
　　W.B. Yeats to Dorothy Wellesley）　61-62, 100, 113, 118, 126

「シャン・ヴァン・ヴォッホ」（Shan Van Voht）　43-45, 56, 63

「趣味」（"Hobby"）　103-04, 106, 116

ジョージ・イェイツ（George Yeats, Ni Hyde-Lees）　v, 79-81, 91-93

ショーン・オケイシー（Seán O'Casey）　37,114

ショーン・マクダーモット（Sean MacDermott）　46

『初期浮世絵』（Ukiyoe Primitives）　27

『曙光』（The Dawn of Day）　114

ジョン王（King John, Lord of Ireland）　38

ジョン・オリアリー（John O'Leary）　58

ジョン・クウィン（John Quinn）　114

ジョン・デヴォイ（John Devoy）　58

ジョン・ミリントン・シング（John Millington Synge）　6

『新詩集』（New Poems）　99, 118-19

シン・フェイン党　iii, 59, 72-73

[ス]

『鋤と星』（The Plough and the Stars）　37

ストロングボウ（リチャード・ド・クレア）（Richard "Strongbow" de Clare）　38

スペイン内戦　118

「隅田川花盛」　12

[セ]

世阿弥　56

『聖者の泉』（The Well of the Saints）　6

— 149 —

索引

『聖パトリックの祈祷書』（*St. Patrick's Prayer Book*）　57

『善悪の観念』（*The Idea of Good and Evil*）　131

「1919 年」（"Nineteen Hundred and Nineteen"）　140

1798 年蜂起　40-41, 45-46, 50

[ソ]

ソクラテス（Socrates）　19

存在の統一（『ヴィジョン』における概念）　v

[タ]

《対抗性》（『ヴィジョン』における概念）　9, 14, 19, 25, 81-84, 89, 91, 119, 125

ダイモン（『ヴィジョン』における概念）　19

『鷹の泉』（*At the Hawk's Well*）　35-36, 63

『歎異抄』　109-11

[チ]

チャールズ・スチュワート・パーネル（Charles Stewart Parnell）　75

[ツ]

『ツァラトゥストラはこう言った』（*Thus Spake Zarathustra*）　114

「月の諸相」（"The Phases of the Moon"）　14

「釣師」（"The Fisherman"）　21-22

[テ]

テオクリトス（Theocritus）　20

[ト]

「塔」（"The Tower"）　122

『道徳の系譜』（*The Genealogy of Morals*）　114, 122

「動揺」（"Vacillation"）　22-23, 121

ドロシー・ウェルズリー（Dorothy Wellesley, Duchess of Wellington）　61, 100, 113-14, 124, 126

— 150 —

索引

[ナ]

「内戦時の瞑想」（"Meditations in Time of Civil War"） 14

[ニ]

『錦木』 56, 62
ニネット・ド・ヴァロア（Ninette de Valois） 36
『日本詩歌の精神』（*The Spirit of Japanese Poetry*） 103
『日本的な発句集』（*Japanese Hokkus*） 103
「日本の詩歌を真似て」（"Imitated from the Japanese"） vi, 99-101, 104-05, 113, 115-
　　20, 123-24, 127-28
『日本美術の精神』（*The Spirit of Japanese Art*） 5, 28

[ネ]

ネスタ・ブルッキング（Nesta Brooking） 36

[ノ]

野口米次郎（ヨネ・ノグチ） v-vii, 3, 5-6, 9-14, 16-18, 22, 24-29, 101-04, 106-07,
　　116, 125, 127-28, 132

[ハ]

パーシー・ビッシュ・シェリー（Percy Bysshe Shelley） 19-21
ハヴロック・エリス（Havelock Ellis） 130-31
パトリック・ピアース（Patrick Pearse） 59, 75
「薔薇の木」（"The Rose Tree"） 35

[ヒ]

悲劇的喜び 120, 125, 128
『悲劇の誕生』（*The Birth of Tragedy*） 114
「ビザンティウム」（"Byzantium"） 24
「ビザンティウムへの船出」（"Sailing to Byzantium"） 119
尾州長船元重 25

— 151 —

索引

『批評家、哲学者、詩人、預言者としてのニーチェ』(*Nietzsche as Critic, Philosopher, Poet and Prophet*) 114

『広重』(Hiroshige) vi, 3, 5, 9-16, 26

『広重と日本の風景』(*Hiroshige and Japanese Landscape*) 28

[フ]

フィアナ・フォイル(共和党) 36

フェニアン 58

「復活祭、1916 年」("Easter, 1916") iii, 35, 49, 64, 90

復活祭蜂起 iii-iv, vi, 35-37, 39-40 , 46-52, 58-60, 63-64, 75, 88-90, 95

フランソワ・ヴィヨン(François Villon) 4, 6, 24-25, 31-31

フリードリヒ・ヴィルヘルム・ニーチェ(Friedrich Wilhelm Nietzsche) v, 77, 79, 108, 114-15, 121-22, 128, 130-31

『文政句帖』 106-07, 109

[ヘ]

『平家物語』 62

ベニート・ムッソリーニ(Benito Mussolini) 94

ヘンリー 2 世(Henry II) 38, 45-46

[ホ]

ポール・カレン(Paul Cullen) 58

『骨の夢』(*The Dreaming of the Bones*) vi, 35-37, 39-40, 46-53, 56, 58-63, 66, 72-73, 88-91

ホメロス(Homer) 23-24, 26

[マ]

マイケル・コリンズ(Michael Collins) 59

マイケル・ジョセフ・オライリー(ジ・オライリー)(Michael Joseph O'Rahilly, The O'Rahilly) 51

Mask(『ヴィジョン』における概念) 20, 84, 87, 95

索引

『窓ガラスに書かれた文字』（*The Words upon the Window-Pane*）　62

[ム]

《夢幻回想》（*Dreaming Back*）（『ヴィジョン』における概念）　71

[メ]

メアリー・フェノロサ（Mary McNeil Fenollosa）　29

[ヨ]

ヨハン・ヴォルフガング・フォン・ゲーテ（Johann Wolfgang von Goethe）　74, 91

[リ]

『リトル・レビュー』　36

[レ]

Race（『ヴィジョン』における概念）　vi, 87-91, 94-95
レディ・グレゴリー（Isabella Augusta Gregory, Lady Gregory）　6, 66, 72, 79-80, 94,
　　114

[ロ]

ローレンス・ビニョン（Laurence Binyon）　6, 28-29
『六大浮世絵師』　11
「ロジャー・ケイスメント」」（"Roger Casement"）　118
ロジャー・ケイスメント（Roger Casement）　117-18
「ロジャー・ケイスメントの亡霊」（"The Ghost of Roger Casement"）　118

[ワ]

『ワーグナーの場合』（*The Case of Wagner*）　114
「我は汝の主なり」（"Ego Donimus Tuus"）　108

— 153 —

＜著者紹介＞

伊東　裕起（いとう　ゆうき）

1983年熊本県生まれ。熊本大学大学院社会文化科学研究科博士課程単位取得退学。博士（文学）。城西大学リベラルアーツセンター准教授。主な著書に *The Routledge Global Haiku Reader*（Routledge，2023年，共著）、*Haiku as Life: A Kaneko Tohta Omnibus: Essays, an Interview, Commentaries and Haiku in Translation*（Red Moon Press, 2019年，共訳編著）、『Grammar Discovery─そうだったんだ！英語のルール』（センゲージラーニング，2013年，共著）など。

白鳥と鏡──イェイツと浮世絵、能楽、俳句──（検印廃止）

2025年1月20日 初版発行

著　　者	伊　東　裕　起
発　行　者	丸　小　雅　臣
組　版　所	日　本　ハ　イ　コ　ム
カバー・デザイン	ア　ト　リ　エ　大　角
印刷・製本	日　本　ハ　イ　コ　ム

〒162-0065　東京都新宿区住吉町8-9

発行所 **開文社出版株式会社**

TEL 03-3358-6288　　FAX 03-3358-6287

https://www.kaibunsha.co.jp/

ISBN978-4-87571-896-3　　C3098